Peter Mannsdorff

Henriettes Universum

Die Sternenpflückerin (II)

Peter Mannsdorff
Henriettes Universum

Erstausgabe
November 2016

EWK-Verlag, Elsendorf

© EWK-Verlag GmbH, Elsendorf

Illustrationen

Ines Rarisch

Druck und
Gesamtherstellung

Schaltungsdienst Lange OHG
Berlin

ISBN

978-3-938175-98-9

∞ TEIL I ∞

Das verlassene Gehöft

Schon seit einem Jahr wohnt Henriette bei ihrem Großvater in der Hütte am See. Endlich vorbei die Zeit im Kinderheim, keine meckernden Nonnenschwestern mehr mit ihren weißen Hauben, die durch die Gänge flitzen und Henriette herumkommandieren, sie soll die Marmeladenkleckse vom Küchentisch abwischen oder für die strenge Schwester Ottilie Kräutertee und Zehballensalbe aus der Apotheke holen. Und das Schönste ist, da sind jetzt keine Kinder mehr, die ihr hinterher singen: „Wenn Henriette Pickel hätte, säh' sie aus wie eine Klarinette..." So ein Blödsinn auch! Wieso sieht man aus wie eine Klarinette, wenn man Pickel hat?

Ihre Eltern hat Henriette nie richtig kennengelernt. Als sie noch klein war, wurde sie in ein Heim gesteckt. Was war das dann für ein Glückstag, als plötzlich der Großvater auftauchte und sie zu sich nahm. So, wie bei ihm stellt sie sich das Paradies vor – mit nichts und niemandem in der Welt möchte sie tauschen.

Am liebsten schmiert sie mit dem Großvater Butterbrote. Dabei stehen sie nicht etwa in der Küche, sondern knien am Strand und suchen kleine, flache Kieselsteine. Wenn jeder zehn Stück gefunden hat, geht der Wettkampf los.

Henriette ist zuerst dran. Sie wirft ihren flachen Stein aus der Hocke über das Wasser. Sieben Mal hüpft er über die spiegelglatte Oberfläche, dann versinkt er. Der Großvater schaffte es einmal auf ganze dreizehn Mal. An diesem Freitagnachmittag aber ist Peter, Henriettes Schulfreund, der wieder einmal zu Besuch gekommen ist, der unerreichbare Crack im Butterbrotschmieren. Sein Rekord liegt bei achtzehn Mal.

Bald hat Henriette keine Lust mehr auf Butterbroteschmieren. Sie lässt ihren Freund allein mit dem Großvater weiterspielen, setzt sich auf den Steg und schaut ins Wasser. Sie sieht in ihr Spiegelbild, sieht ihren rötlichen Lockenkopf. Am rechten Ohrläppchen hängt der große Ohrring, den sie neulich zum Geburtstag geschenkt bekommen hat. Henriettes Spiegelbild bewegt sich in den Wellen; ein kleiner Fisch knabbert ihre Nase an.
Während Peter mit dem Großvater flache Steine über den See wirft, denkt sie darüber nach, wie es sein wird, wenn sie älter wird. Sie ist jetzt elf Jah-

re. In elf Jahren ist sie zweiundzwanzig, dann noch einmal elf, das macht dreiunddreißig Jahre. Da ist sie schon eine alte Oma! Und Großvater? Wie alt wäre er dann? Bestimmt schon über 100. Wie wird das alles einmal werden? Sie wird älter, auch der Großvater wird mal alt, bis er eines Tages nicht mehr ist. Ist wirklich alles aus, wenn man gestorben ist. Oder kommt danach noch etwas? Jetzt denkt sie an etwas Schönes. Sie malt sich aus, welchen Beruf sie einmal ergreifen will. Vielleicht Fahrscheinkontrolleurin. Dann könnte sie Schwarzfahrern zuzwinkern und sagen: „Weil heute Sonntag ist", und die Leute ohne Fahrschein würden an ihr vorbeischlüpfen, obwohl Donnerstag oder Freitag wäre. Oder Stullenschmiererin? Sie könnte an der Universität in den Vorlesungspausen belegte Brötchen an Studenten und Professoren verkaufen und die Einnahmen für ein eigenes Musikcafé sparen, in dem an jedem Wochenende ein Cellist oder ein Banjospieler auftreten würden.

Dann denkt sie an das Haus, in dem sie einmal mit ihrem Opa und Peter wohnen will. Eigentlich ist es ja kein Haus, auch keine Villa, sondern ein richtiges Schloss. Herr Ochsenknopf, ihr Mathelehrer, hat sie einmal gefragt, an was sie denkt, wenn sie im Unterricht Löcher in die Luft starrt. Da hat sie ihm von ihrem Schloss erzählt. Der

Lehrer meinte, dass ihr ziemlich merkwürdige Dinge durch den Kopf gehen. Sie sollte lieber die Rechenaufgaben an der Tafel lösen und keine Luftschlösser bauen. Henriette weiß nicht, ob ihr merkwürdige Dinge durch den Kopf gehen, sie weiß nur, dass es lustig ist, mitten im Unterricht von einem Schloss zu träumen, mit Säulen aus Salzstangen und Fensterscheiben aus Zuckerguss, wie im Wilden Westen, wo die Cowboys bei Schlägereien durch die Fensterscheiben fliegen.

Herr Ochsenknopf sagt, Henriette hätte eine blühende Fantasie, aber wenn sie schon träumt, wäre es sinnvoller, sie würde von etwas Nützlichem träumen, zum Beispiel, wie sie später eine Familie gründen und eine Arbeit finden wird, bei der sie viel Geld verdient. „Kind", sagte er einmal, „zerbrich dir lieber darüber den Kopf. Da hast du später mal was davon!"

Vielleicht sind ihre Träume nicht normal? Ist es etwa normaler, sich vorzustellen, den ganzen Tag hinter einem Bankschalter zu sitzen? Da will sie sich lieber vorstellen, zum Mond zu fliegen. Es waren schon Menschen auf dem Mond. Bevor sie in den Mondkratern spazieren gingen, haben sie davon geträumt, ihre Spuren im Mondstaub zu hinterlassen. Hat denen jemand gesagt, es sei normaler, davon zu träumen, jeden Tag im blauen Anzug ins Büro zu gehen?

Henriette hört ein Bellen. Das kleine weiße Hündchen, das der Großvater ihr vor ein paar Tagen aus dem Tierheim mitgebracht hat, kommt angehüpft und leckt ihr das Gesicht ab. Dabei wedelt es mit dem Schwanz. Henriette hat noch keinen Namen für das Tier gefunden, aber ihr fällt bestimmt bald einer ein. Das Hündchen springt auf ihre Brust und leckt ihr das Gesicht ab. Henriette kreischt vor Lachen und wehrt das Tier mit der Hand ab. Dabei rutscht es vom Steg und plumpst in den See. Sofort springt Henriette hinterher und versucht es zu greifen. Auf einmal hat sie keinen Grund mehr unter den Füßen, ihr Kopf taucht unter. Als sie wieder auftaucht, schreit sie: „Hiiilfe! Ich ertrinke!!!"
Dann erinnert sie sich an nichts mehr, es bleibt ein großer, weißer Fleck in ihrem Gedächtnis.

Was dann geschieht, ist wie im Traum. Henriette weiß nicht, was ist wirklich, was ist Fantasie. Sie hört den Großvater brummen. Er spricht tief wie ein Pfarrer von der Kanzel. „Kinder, lasst uns aufbrechen, ich will euch ein Geheimnis zeigen!"
Die raue Stimme des Großvaters hallt, wirklich wie ein in einer Kathedrale. Und jetzt noch die Stimme von Peter, verzerrt wie das Piepsen von Mickymaus im Zeichentrickfilm. „Herr Himmelheber, was wollen Sie uns zeigen?"

„Dazu müssen wir mit den Steinen aufhören und über Sterne reden, denn damit hat es etwas zu tun."
Der Großvater geht zum Ruderboot und schiebt es mühsam über die Kieselsteine ins Wasser. Peter hilft ihm, auch Henriette rafft sich im Traum auf und eilt hinzu, denn das Boot ist für die beiden zu schwer. Mit angestrengter Stimme ruft der Großvater: „Hau - ruck", und die Kinder wiederholen: „Hau-Ruck." Der Kies knirscht unter dem schweren Boot, Henriette tun dabei die Zähne weh, so sehr knirscht es. Plötzlich verzieht der Großvater sein Gesicht und fasst sich an die Brust.
„Opa, was ist?" Henriette läuft um das Boot und stützt ihren Großvater. „Setz dich auf einen Felsen und ruh dich aus!"
Doch der Großvater wehrt ab: „Nur ein kleines Herzstechen, nichts weiter."
Peter macht sich trotzdem Sorgen. „Herr Himmelheber, sollen wir einen Arzt holen?"
„Papperlapapp." Der Großvater lacht schon wieder und singt: „Wir fahren übern See, übern See..."
Auch Henriette ist wieder fröhlich und singt auch: „Mit einer hölz'nern Wurzel..."
Peter will rudern, doch Opa Himmelheber besteht darauf, selbst zu rudern. In seinem Alter schade ein bisschen Bewegung nichts. Gegen seinen Starrkopf können die Kinder nichts ausrichten, der Großvater rudert allein über den großen See.

Der Vorfall von eben ist schon längst vergessen. Rechts liegt die steile Felseninsel, vor der Henriette und Peter einmal einen ganzen Nachmittag im Boot getrieben sind und elf Barsche angelten, die der Großvater später zubereiten musste. Die Kinder hatten zwar Hunger, aber töten wollten sie die Fische nicht.

Links schwebt die Elefanteninsel mit dem grauen Felshöcker und der schrägen Birke wie eine Fata Morgana über dem See. Henriette lauscht, wie die Wellen an den Bug klatschen. Es ist wirklich schön wie im Traum.

„Was wollen Sie uns zeigen, Herr Himmelheber?", fragt Peter.

„Ich will euch Dinge zeigen, die ich vor langer Zeit konstruiert habe, und die ich endlich zur Anwendung bringen möchte. Ich will sie euch erklären, bevor es zu spät ist, denn weiß ich, wie lange es der Liebe Gott noch gut mit mir meint? Jeder Tag kann der letzte sein. Es handelt sich sozusagen um mein Erbe an euch."

„Opa! Hör auf. Ich will das nicht hören! Du wirst mindestens 100 Jahre alt."

„Was ist das für ein Erbe?", will Peter wissen, und Henriette protestiert wieder: „Opa, du hast doch hoffentlich kein Geld versteckt! Ich will kein Geld. Ich will dich und nichts anderes, hörst du? Dich will ich!"

„Keine Angst", beruhigt sie der Großvater. „Es ist kein Geld. Es ist ein Gerät, mit dem man zu fernen Planeten reisen kann, nur dass diese Planeten..."
Peter und Henriette schauen sich belustigt an. Zu fernen Planeten reisen!? Holla! Jetzt geht's aber los.

„Hört erst einmal zu, bevor ihr was zu meckern habt. Ich habe etwas gebaut, das ich Micromégas getauft habe."

„Das Microwas?"

„Das Micromégas. Ich zeige es euch gleich."
Der Großvater steuert das Boot auf die große Lächtineninsel zu. Die Kinder waren noch nie auf der Insel, auch hat der Großvater noch nie von ihr erzählt. Heute erst spricht er über sie: „Hier wohnte einmal ein alter Bauer, der tatsächlich über 100 Jahre alt wurde. Er lebte mit seiner Magd allein hier, sie konnten das Festland nur mit dem Boot erreichen, im Winter übers Eis auf einem Schlitten, der von einem Pferd gezogen wurde. Eines Tages, es war schon Frühling, sind sie mitsamt dem Tier im Eis eingebrochen. Der Bauer musste den Hengst erschießen, er konnte nicht gerettet werden. Das war eine ziemlich traurige Angelegenheit, denn es war sein Lieblingspferd. Als Jahre später die Magd starb, kam der Bauer in ein Altersheim am Rande der Stadt, dort starb auch er, allein und einsam. Das ist jetzt viele Jahre her."

„Und was ist aus dem Bauernhof geworden?", fragt Henriette. „Wohnen da jetzt andere Leute?"

„Oh, nein." Der Großvater stemmt sich in die Ruder. „Das Gehöft ist leer. Mein Vermächtnis habe ich an diesem Ort versteckt."

Peter wird ungeduldig. „Was ist das für ein Gerät, das Sie konstruiert haben, Herr Himmelheber? Und das Micromégas? Wie sind Sie auf diesen komischen Namen gekommen? Nun sagen Sie es doch endlich!"

Aber Opa Himmelheber schweigt, er muss sich auf das Anlegemanöver konzentrieren. Die Sonne ist bereits hinter den Baumwipfeln verschwunden, sie gleiten im Schatten. Eine frische Brise weht, es wird kühl. Schwalben fliegen dicht am Waldrand entlang, jagen Mücken, die aus dem sicheren Wald geflogen sind.

Die drei ziehen den Kahn an Land, Peter vertäut ihn mit einer Leine an einer Birke, dann gehen sie den Weg entlang, auf dem das Gras kniehoch gewachsen ist. Es ist still, so still wie in einem Märchenwald, wo gleich ein Riese durch das Dickicht stampfen wird. Einige Vögel warnen einander von Revier zu Revier, dass sich Gefahr nähert. Ihr Gesang hallt im Laub der Bäume nach. Ein Specht klopft gegen einen Baum. Mitten in diese Stille fragt der Großvater: „Ihr habt doch schon von den

11

vielen Versuchen der Menschen gehört, fremde
Wesen auf fernen Sternen zu suchen, oder?"

„Klar", meint Peter. „Sie haben
schon Raketen zum Mars geschickt, um zu erforschen, ob es
dort Leben gibt." Der alte Mann
lacht höhnisch. „Und? Haben sie
etwas gefunden?"

„Nein", antwortet Peter. „Da
müssen sie wohl noch weiterfliegen, um Lebewesen zu entdecken."
Henriette hält sich da raus. Sie träumt gerne von
den Sternen, aber viel Ahnung von ihnen hat sie
nicht. Sie weiß nicht einmal, wie groß unser Universum ist. Wann ist das Sonnensystem zu Ende?
Ist da ein Zaun mit einem Schild: „Sie verlassen
das Territorium der Sonnengestirne", und auf dem
nächsten Schild, hinter einem Stacheldrahtzaun,
steht: „Sie betreten den Sektor eines neuen Son-
nensystems!"
Was wäre das für ein Sonnensystem, gäbe es dort
auch Lebewesen, die genauso aussehen wie wir
Menschen? Wären sie uns auf der Erde feindselig
gesonnen? Gäbe es irgendwann einmal Krieg zwischen den beiden Universen? Warum immer
Krieg? Kann es nicht auch mal ein Volksfest mit
Feuerwerk und Freilimonade geben, wenn die

Menschen vom Orion den Menschen auf der Erde begegnen? Aber eigentlich interessiert Henriette das keine Bohne. Sciencefictionfilme würde sie nicht einmal anschauen, wenn man ihr drei Euro dafür verspräche.

Sie kommen an ein Tor, es ist halb geöffnet. Wie die Pforte zu einem anderen Universum. Der Großvater sagt, nichts habe sich hier verändert seit seiner Kindheit. Da hätten sie inzwischen Computer und Handys erfunden, und hier, auf diesem Bauernhof, ist alles unberührt geblieben. Schon damals habe das Tor halb offengestanden. Henriette beobachtet ihren Großvater. Wie er durch das Gras raschelt. Die Abendsonne beleuchtet seinen Vollbart rotgolden, seine Hand hält er schützend über seine klobige Brille, um nicht geblendet zu werden.

Endlich erreichen sie das Gehöft. Alles ist verlassen. Knarrend öffnet der Großvater die Tür und tritt ein, die Kinder folgen ihm. Fliegen summen durch die Küche, an der Wand hängt ein Korb aus Birkenrinde, am Kachelofen steht ein grün lackierter Schaukelstuhl auf einem Flickenteppich. Obwohl nun schon seit Jahrzehnten keiner mehr in diesem Bauerhof lebt, riecht es immer noch nach Kuhmilch. Der Großvater lässt sich im Schaukelstuhl nieder und erklärt den Kindern jeden Gegenstand, auch über das aufgeschlagene

Buch auf dem Küchentisch will er etwas sagen, aber Henriette drängelt: „Opa, nun zeig endlich, was du uns vererben willst!"
Der Großvater lächelt. „Also gut, machen wir es nicht so spannend." Er erhebt sich und geht zum Ausgang und winkt den Kindern, ihm ins Freie zu folgen. Mühsam erklimmt er die Leiter, die an das Haus lehnt. Unter dem Giebeldach endet die Leiter an einer engen Luke. Bevor sich der Großvater hindurchzwängt, dreht er sich nach unten und zwinkert den Kindern zu: „Folgt mir."

Das Erbe des Großvaters

Henriette folgt ihrem Großvater durch die enge Öffnung des Dachbodens, hinter ihr kraxelt Peter die Leiter hoch. Oben ist es dunkel, nur durch die Luke fällt Tageslicht. Der Großvater entzündet mit einem Streichholz eine Petroleumlampe, die an einem Balken hängt. „Passt jah auf!!!", warnt er. „Das brennt hier oben wie Zunder."
Das Licht flackert, Schatten tanzen an den Wänden. Peter hält es vor Neugierde nicht aus: „Wo ist nun Ihre Erfindung, Herr Himmelheber?"

„Ihr wollt sie wirklich sehen?" Die Augen des Alten leuchten wie zwei Sterne. „Ja? Du auch, Henriette?"

Henriette nickt erwartungsvoll.

„Also gut." Opa Himmelheber zeigt auf ein klobiges längliches Etwas. Es ist mit einer bunten Steppdecke bedeckt. Der Großvater zieht an einem Zipfel. Die Decke rutscht herunter. „Dies ist mein Micromégas", sagt er mit zittriger Stimme, als ob er singt. Es ist feierlich, wie bei der Einweihung eines Denkmals. Peter und Henriette erblicken eine popelige Badewanne. Wie ein sinkendes Schiff, das Heck nach oben, steht sie zwischen herumhängenden Wäscheleinen und Schwalbennestern. Ihr schmaleres Vorderteil ist in die Bretter des Fußbodens eingerammt.

„Die ist wohl verunglückt, hat einen Auffahrunfall gehabt?", witzelt Peter. Opa Himmelheber tut so, als hat er nichts gehört.

In die Wanne ist ein verrostetes Fahrrad mit einem alten Ledersattel montiert. Wenn das Vorderrad nicht fehlen würde, würde es aussehen wie ein Rennrad bei einer steilen Abfahrt. Peter kichert. Opa Himmelheber räuspert sich verlegen. Hinter dem Fahrrad ist eine Sitzbank zwischen die Wannenränder gekeilt.

Dort, wo normalerweise das Wasser aus der Wanne abfließt, ist ein Trichter eingeschweißt, der nach unten hin so schmal wie ein Streichholzkopf wird. Im Abguss verschwindet er. Die Wanne ist weiß emailliert, nur an den Kanten ist die Emaille abgeplatzt, eine braune Rostschicht schimmert durch. Vor dem Ungetüm steht ein Spinnrad, Büschel von Schafswolle liegen verstreut herum. Neben dem Spinnrad steht ein Schemel.

Peter und Henriette starren die Erfindung mit großen Augen an. „Der komplette Blödsinn!", will Henriette am liebsten loslachen, und fragen, ob der Großvater von allen guten Geistern verlassen ist. Obwohl er die Erfindung auch voll daneben findet, lobt Peter den Großvater, denn er will ihn nicht beleidigen. „Da ist Ihnen ja was gelungen, Herr Himmelheber! Aber, ehrlich gesagt, wie eine Rakete sieht das Ganze nicht gerade aus. Wie soll man damit zu den Planeten fliegen? Das Ding ist ja noch nicht einmal dem Himmel zugewandt!"

Der Großvater scheint Gedanken lesen zu können: „Fremde Lebewesen im Himmel werdet ihr damit nicht entdecken. Im Kleinen, in den Atomen werdet ihr sie sehen."

Zu diesem Schwachsinn finden Peter und Henriette keine Worte. Sterne und Planeten im Himmel suchen – das hätten sie zur Not noch verstanden, aber in den Atomen? Jetzt ist er ganz ausgeflippt, der Großvater. Peter würde Opa Himmelheber gerne eine gepfefferte Bemerkung an den

Kopf werfen, aber er traut sich nicht. Henriette spielt verlegen mit ihrem rechten Ohrring. Sie weiß, was Atome sind, nämlich lauter kleine Teilchen, vielleicht sogar die kleinsten Teilchen der Welt, aber sie sind doch so klein! Wie soll man denn darauf leben können? Das geht doch nie im Leben.

Der Großvater liest in den Gesichtern der Kinder nur Unverständnis. Er lächelt und krault seinen weißen Bart. „Eines Tages", sagt er endlich, „bekam ich zufällig auf dem Trödelmarkt in der Stadt ein altes Physikbuch in die Hände. Ich blätterte darin, wollte es schon beiseite legen, doch da stieß ich auf das Kapitel über die Atome und begann zu studieren, nachzudenken und zu kombinieren."

Der Alte sieht, dass Peter große Augen bekommt. „Du weißt, wie die Atome aufgebaut sind?"

„Ein bisschen! Wir nehmen sie gerade in der Schule durch."

„Nämlich?" Opa Himmelheber guckt Peter herausfordernd an. Der Junge entfaltet einen Zettel und holt einen Stift aus seiner Hemdtasche. Er zeichnet kleine Punkte und sagt: „Ein Atom ist wie unser Son-

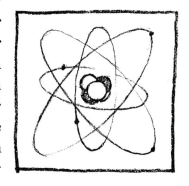

17

nensystem aufgebaut, hat unser Physiklehrer gesagt. So wie sich die Erde und die anderen Planeten um die Sonne drehen, kreisen die Elektronen um den Atomkern. Aber was hat das mit Ihrer Erfindung zu tun?"

„Was das mit meiner Erfindung zu tun hat? Ganz einfach! Ich habe das Micromégas entwickelt, weil ich ahnte, dass auf kleinen Miniaturplaneten, kleiner als Staubkörnchen, Lebewesen leben, die hier auf unserem Planeten längst gestorben sind. Dort...", der Großvater zeigt auf einen Fussel im Teppich, „... leben sie weiter, als von uns nicht erkennbare kleine Mikrobenwesen. Mit meiner Flugmaschine könnt ihr in winzige Sonnensysteme in den Atomen reisen, dort werdet ihr mich finden, wenn ich einmal nicht mehr bin."

„Aber Herr Himmelheber", protestiert Peter. „Wenn Sie einmal nicht mehr sind, liegen Sie tot unter der Erde. Das ist alles. Das muss ganz schön langweilig sein."

Der Großvater wehrt lachend ab: „Oh nein! Das ist gar nicht langweilig. Meine Hülle liegt unter der Erde, ja, das stimmt. Aber mit meiner Seele werde ich in ein Atom reisen. Das Kunststück besteht nun darin, das Micromégas auf die Miniaturgröße eines Atoms zu bringen, damit ihr mich auch finden könnt. Und das ist das Problem. Mir ist es bis jetzt noch nicht gelungen, ich weiß nicht einmal, wie ich die Maschine in Gang bringen kann. Aber ich werde es schaffen, bevor mich der Liebe Gott holt. Da bin ich ganz sicher."

Henriette treten Tränen in die Augen. Sie will nicht daran denken, dass ihr Opa einmal sterben könnte. Peter allerdings kommt auf einmal alles zu dumm vor. Skeptisch betrachtet er die alte Badewanne mit der abgeplatzten Emaille. Schließlich sagt er: „Es tut mir Leid, Herr Himmelheber, ich glaube nicht an den Unfug. In den Atomen ist alles so winzig klein, dort kann es einfach kein Leben geben."

Der Großvater entrüstet sich. „Du willst meine Theorien anzweifeln? Du kannst die Antwort selbst finden. Steig auf den Schemel und krieche in den Trichter des Micromégas. Los!"

Peter gehorcht und steigt in die Badewanne. „Nanu!", lacht er, als er dort angelangt ist. „Das ist ja witzig. Ein altes Röhrenradio haben Sie hier oben sogar installiert. Mit einer Kupferdrahtrolle und einem Wust von Drähten. Soll das eine Antenne sein?" Opa Himmelheber nickt stolz.

Peter ärgert Henriettes Großvater ohne Ende: „Sieht ein bisschen wie eine verheddderte Wäscheleine aus."

Der alte Mann merkt, dass sich der Junge über ihn lustig macht und wird jetzt sehr streng. „Krabbele mit dem Kopf zuerst in den Trichter, bis

19

zu der schmalen Öffnung am Ende. Tu, was ich dir sage!"

Da kann sich Peter auch schon nicht mehr halten. Er rutscht die Wanne hinunter, bis sein Kopf im Trichter verschwindet, nur sein Hintern ist noch zu sehen.

„Siehst du die Öffnung?"

„Ja!", hallt es blechern, als würde Peter in die Öffnung einer Posaune sprechen. „Was ist das?", fragt er.

„Ein Mikroskop, ein Sternenrohr der besonderen Art. Drehe an dem Schräubchen ... hast du das getan?"

„Ja."

„Was siehst du?"

Peter kichert: „Ich sehe durch einen Spalt in die Wohnstube unter uns. Ich blicke genau auf den Küchentisch. Dort liegt das aufgeschlagene Buch. Aber ich kann nicht erkennen, was dort steht."

„Drehe weiter am Schräubchen! Liest du jetzt etwas?"

„Da steht: *Grandissimo Elefantenmix supermaxidelius.* Was heißt das?"

„Das ist ein Zauberspruch. Den könntet du und Henriette noch einmal gebrauchen. Merkt ihn euch! Drehe jetzt weiter an dem Schräubchen! Was siehst du jetzt?"

„Ich sehe einen I-Punkt von Grandissimo"

„Dreh weiter! Was siehst du?"
Peter lacht nicht mehr. „Ich sehe einen weißen
Kreis. Da bewegt sich etwas, schwach und klein.
Da sind Menschen ... ja, ich erkenne deutlich Men-
schen."
„Wie sehen sie aus?"
„Wie wir. Manche haben Hüte auf, die Frauen tra-
gen geblümte Schürzen. Und allen sitzen Sonnen-
brillen auf den Nasen."
„Das sind die Einwohner von Lächelleiten. Ich be-
obachte sie seit langem."
„Warum sehen sie aus wie wir?"
„Warum? Warum? Sollten sie ihre Nasen an den
Fußsohlen tragen?"
„Und Lächelleiten? Wo ist das?"
„Das ist der Planet in meinem Atom."
„Und dieser Planet schwebt in einem Atom im I-
Tüpfelchen von Grandissimo?"
„Ja, er befindet sich auf der Buchseite."
Henriette schüttelt den Kopf. „Woher weißt du das
alles, Opa?"
„Wenn wir Menschen spüren, dass unsere Zeit ge-
kommen ist, sollten wir fest einen Ort vor Augen
haben, an dem wir nach unserem Tod weiterleben
wollen, einen Ort, wo wir uns sehr wohl fühlen
würden. Und dieses Land ist für mich Lächellei-
ten. Als Kind war ich einmal in solch einem Dorf.
Es war das Paradies für mich. Wie oft habe ich es

seitdem in meinen Träumen besucht. Es wird eine herrliche Zeit sein, wenn ich erst dort bin. Es muss ein wunderbarer Planet sein. Nur Berge, nur Schnee."

Peter wird von Opa Himmelhebers Freude angesteckt: „Und Pisten zum Skifahren gibt es dort auch?"

Der Großvater hört nicht, er schließt die Augen und schwärmt: „Ach, Kinder, wird das schön!" Henriette will davon nichts wissen. Sie will das alles nicht hören.

Das Seelometer

Wochen vergehen, ohne dass der Großvater etwas über sein Micromégas erzählt. Irgendwann wird er schon mit der Sprache herausrücken und weitere Geheimnisse über seine Erfindung lüften. Henriette fährt jeden Morgen mit dem Fahrrad zur Schule in die Stadt. Manchmal bringt sie nach Schulschluss Peter zum Essen mit, sie machen Schulaufgaben, werfen flache Steine über den See oder angeln auf dem Steg. Dann kommen die Sommerferien. Peters Eltern haben ihrem Sohn erlaubt, für ein paar Wochen in der Hütte bei Henriette und ihrem Großvater zu wohnen. Der hat nichts dagegen und räumt für Peter in Henriettes Kammer einen Platz frei. Doch den Kindern fällt etwas Besseres ein. Bei den lauen Sommernächten ist ihnen das enge Zimmer zu muffig. Also bauen sie das grüne Spitzdachzelt auf, das noch aus der Jugendzeit von Henriettes

Opa stammt. Es steht jetzt am Ufer, mit Blick auf den See.

Henriette holt Schlafsäcke und Luftmatratzen aus der Hütte, während Opa Himmelheber eine neue Propangasflasche vom Auto anschleppt. Als er das Zelt am Seeufer sieht, will er erst schimpfen und alles rückgängig machen, aber die Kinder gucken ihn ganz lieb an, da gibt der Großvater nach.

Eines Morgens macht er das Ruderboot startklar. Wieder helfen die Kinder ihm, es über den Kies ins Wasser zu schieben.

„Opa, wo willst du hin? Dürfen wir mitkommen?"

„Nein, nein", sagt der Großvater. „Ich fahre besser allein. Ich muss rüber nach Lächtinen, an meiner Erfindung werkeln. Wisst ihr, sie funktioniert noch nicht, und ich will die Maschine doch reisefertig machen, denn ich glaube, es ist bald soweit."

„Was ist bald soweit?"

„Wie soll ich das erklären? In den letzten Nächten erschienen mir immer wieder Arme, bleiche Arme, sie griffen nach mir."

Henriette macht ein erschrockenes Gesicht: „Was soll das bedeuten?"

„Ich weiß es nicht. Sie griffen nach mir und nahmen mich fort. Angst hatte ich keine, aber es war mir ein Zeichen. So, Kinder, ich muss los."

Der Großvater rudert über den See, bis er immer kleiner wird, zum Schluss nur noch ein Punkt, fast so klein wie ein Atom. Noch lange stehen Peter und Henriette auf dem Steg und winken ihm hinterher. Henriette wischt sich Tränen aus den Augen. Was sollte das? Bleiche Arme griffen nach ihm! Er wird doch wiederkommen? Henriette bekommt Angst.

Heute warten sie lange, sogar Peter macht sich Sorgen. Die Sonne ist kurz vor dem Untergehen, und der Großvater ist noch nicht zurückgekehrt. In der Hütte gibt es ein Telefon, sie könnten Hilfe rufen. Peter schlägt vor, noch eine halbe Stunde zu warten, aber Henriette hält es vor Ungeduld nicht mehr aus. Wenn sie doch nur ein zweites Boot hätten! Soll Peter über den See schwimmen? Aber dann endlich erscheint wieder der Punkt am Ufer von Lächtinen und bewegt sich auf den See hinaus.

Jetzt bekommt er aber Ausschimpfe, der Opa! Damit hätte er rechnen müssen. Peter traut sich zwar nicht so recht, dafür fällt Henriettes Moralpredigt umso heftiger aus: „Konntest du dir denn nicht denken, was für Sorgen wir uns gemacht haben?"

Eindeutig, der Großvater hat ein schlechtes Gewissen. „Aber versteht doch", sagt er zur Verteidigung, „ich war so vertieft im Tüfteln und Erfinden gewesen, da ist die Zeit wie im Fluge vergangen."

Als Belohnung für das lange Warten schlägt er für den Abend ein Lagerfeuer mit Grillwürstchen und heißem Zitronentee vor. Die Sonne ist schon längst untergegangen, die drei sitzen am Feuer, das Holz knistert, kleine violette Zünglein schlängeln sich an den glühenden Stämmen empor, da sagt der Großvater, flüstert eher, als wolle er ein Geheimnis preisgeben: „Ich habe euch etwas von drüben mitgebracht!"

„Etwa noch so eine komische Erfindung?", fragt Peter.

„Allerdings", sagt der Großvater beleidigt. Aber er lässt sich nicht aus der Fassung bringen. Anstatt das Mitbringsel hervorzuholen, macht er eine heftige Armbewegung und sagt: „Habt ihr schon darüber nachgedacht, dass wir in den unendlich vielen Atomen mal als Eidechse, mal als Vogel oder Eichhörnchen, aber auch mal als Mensch wiedergeboren werden. In allen Atomen leben wir gleichzeitig."

„Na und?", sagt Peter frech.

„Was heißt na und? Wenn ihr mir nachreist, seht ihr einen Vogel und wisst nicht einmal, dass ich das bin. „

„Mir doch egal! Ich will es gar nicht wissen."

Zum Glück fällt Henriette dem Großvater nicht auch noch in den Rücken. Sie ist wirklich neugierig, wo die Seele ihres Opas später einmal ist. Und

drum hört sie ihm ganz genau zu. Er ist davon
überzeugt, dass unsere Seele nach unserem Tod in
andere Körper übergeht.

„Seht, unsere Seele ist wie ein See."
Opa Himmelheber spricht von der heißen Sonne,
die am Tage auf dem Wasser brennt. Wie der Liebe Gott lässt sie die Wassertropfen sterben, sie
werden unsichtbar, wie Seelen steigen sie als
Wasserdampf vom See in den Himmel und regnen
an anderer Stelle wieder auf die Erde und werden
zu neuen Wassertropfen. „Das ist der Kreislauf der
Natur", sagt der Großvater. „Warum sollte es bei
uns Menschen anders sein? Wir sind doch ein Teil
der Natur. Ich jedenfalls glaube, dass jeder Wassertropfen, jeder Mensch und jedes Lebewesen an
unerwarteter Stelle neu geboren wird."

Peter will das alles nicht glauben, aber er weiß
nicht, was die Wahrheit ist, deshalb sagt er nichts.
Henriette dreht an ihrem Ohrring. Das tut sie
immer, wenn sie ungeduldig wird. „Opa, was ist
nun mit deiner anderen Erfindung?"

Länger will der Großvater die Kinder nicht auf die
Folter spannen. Er kramt aus seinem Rucksack
einen schwarzen Kasten hervor, in dem ein Zweig
steckt, der wie ein Y aussieht. „Ist das ein Kata-
pult?", witzelt Peter.

„Das ist ein Seelometer", sagt Herr Himmelheber
stolz. „Dieser Birkenzweig ist mit den Spinnweben

einer seltenen australischen Spinnenart umspon-
nen, dem sogenannten Seelophan. Man sagt diesen
Insekten nach, dass sie sich ihre Welt so lange zu-
rechtspinnen, bis sie Wirklichkeit wird. Sie sollen
hellseherische Fähigkeiten haben. Ein Männchen
kann sein Weibchen in der Wüste über Tausende
von Kilometern aufspüren." Henriette will wissen, wie das Seelometer funktioniert.

„Seht diesen Kasten!" Opa Himmelheber zeigt auf
das schwarze Ding mit der Tastatur. „Hier tippe
ich den Namen der Person ein, deren Seele ich
aufspüren will ... seht ihr ... ich tippe *Henriette*
ein, dann wende ich das Seelometer dir zu, und
schwuppdiwupps ... nanu? ... jetzt müsste sich das
Holz wie eine Wünschelrute verbiegen und das
Messgerät von Rot nach Grün ausschlagen ... tut
es aber nicht. Merkwürdig. Ich muss etwas nicht
bedacht haben. Jedenfalls funktioniert es nicht."
„Das macht doch nichts", frotzelt Peter, „das müssen Sie patentieren lassen! Damit können Sie Mil-
lionär werden!!!"
„Ah bah", wehrt Opa Himmelheber ab und unter-
sucht das Gerät. Für Henriette zählt die Panne
nicht. „Und das funktioniert auch, wenn die Seele
nicht mehr im Körper ist?", fragt sie.

„Wenn es nach meinen Plänen geht, ja. Denn Seele ist Energie, und Energie ist unendlich, und Energie ist messbar."

„Und wenn sie nicht messbar ist, finden wir dich nie wieder?"

Der Großvater nickt traurig. Aber er scheint mit den Gedanken woanders zu sein. Plötzlich fasst er sich an den Kopf: „Wie konnte ich das nicht bedenken! Die Batterien! Die Batterien sind leer. Ich werde neue holen, dann zeige ich euch, wie meine Erfindung funktioniert."

Mühsam erhebt er sich. Er beißt sich auf die Lippen und kneift die Augen zusammen.

„Opa, Was hast du?"

„Nichts weiter. Nur wieder dieses grässliche Herzstechen."

„Herr Himmelheber, Sie müssen sich ausruhen", rät Peter.

„Ja, das wird wohl das Beste sein."

Die Kinder stützen den Großvater und steigen langsam die Stufen zur Veranda mit ihm hoch, dann setzen sie sich noch eine Weile ans Feuer und trinken Tee. Bevor auch sie schlafen gehen, flüstert Peter: „Glaubst du eigentlich an die Erfindung von deinem Opa?"

„Du?"

„Ich weiß nicht ... eher nicht."

„Ich glaube daran!", sagt Henriette trotzig. „Und ob ich daran glaube! Mein Großvater ist doch nicht dumm. Er hat sich bei all diesen Sachen etwas gedacht!"

Abschied

Als Henriette am nächsten Morgen aufwacht, ist der Schlafsack neben ihr leer. Müde wischt sie sich den Schlaf aus den Augen und blinzelt durch einen Spalt des Zeltes gegen das Sonnenlicht. Es ist still über dem See, Vögel singen, und manchmal springt ein Fisch, schnappt nach Mücken und taucht gleich wieder unter. Das Boot ist nicht da. Peter wird beim Angeln sein. Oder ist der Großvater so früh morgens schon nach Lächtinen gerudert, um weiter an seiner Flugmaschine zu basteln? Hinten, an der Felseninsel, erkennt sie im Morgennebel tatsächlich Peter im Boot mit der langen Angelrute. Aber warum ist der Großvater noch nicht wach? Er steht doch sonst immer so früh auf. „Opa!", ruft Henriette so laut sie kann. Keine Antwort. Und noch einmal. „Opa, wo bist du?" Als nach dem dritten Rufen immer noch keine Antwort folgt, krabbelt sie aus dem Zelt und rennt in die Hütte.

Der Großvater liegt im Bett.

„Großvater! Was ist los? Warum antwortest du nicht?"

Sie legt die Hand auf seine Stirn. Sie ist heiß und feucht. Henriette begreift. Warum muss ihr Handy, das sie von Peter geschenkt bekommen hat, ausgerechnet jetzt kein Guthaben mehr haben. Zum Glück hat der Großvater ein Telefon, es steht auf der Kommode; Henriette öffnet alle Schubladen. Da! Ein Zettel mit Telefonnummern. Sie geht die ganze Liste rauf und runter. Endlich: Doktor Gablenz, 75 195. Henriette wählt und hört das Freizeichen. Eine raue Stimme meldet sich. Aber was soll denn das? Der Doktor ist ja beschwipst, er meldet sich lallend mit Schocktor Gawlenz. Am liebsten würde sie schimpfen: „Schlafen Sie erst mal Ihren Rausch aus" und dann den Hörer aufknallen.

Der Doktor spricht so verzerrt. Es ist, als kämen die Laute verzögert vom anderen Ende der Leitung bei Henriette an. Hastig spricht sie in die Muschel: „Mein Großvater ist sehr krank. Kommen Sie schnell!!!"

Bei der Antwort versteht Henriette nur jedes zweite Wort: „... steh ... nicht ... Du ... wie ... holen ... was ... sagt ...!"

Dann hört sie ein Knacken, die Verbindung ist abgebrochen. Der Doktor ist gar nicht betrunken, das

Telefon vom Großvater hat Wackelkontakt. Der auch mit seiner Technik von Vorgestern. Was soll sie jetzt nur tun? Natürlich! Peter hat ein Handy. Sie stürmt auf die Veranda, springt die Treppen hinunter auf den Steg und formt ihre Hände zum Sprachrohr: „Peeeter! Komm an Land, beeil dich!" Er hört nicht.

Sie gestikuliert mit den Armen, ruft immer wieder. Sie will schon alle Hoffnungen aufgeben, da sieht sie, wie Peter die Angelschnur einrollt und sich in die Ruder stemmt.

Endlich knirscht der Kies unter dem Kiel. Henriette watet bis zu den Knien ins Wasser. „Schnell, wähl diese Nummer."

„Was soll ich sagen?"

„Großvater ist krank."

Jetzt erst bricht sie in Tränen aus. Sie begreift den Ernst der Situation. Lieber Gott, mach, dass das alles nicht wahr ist. Peter spricht mit dem Arzt. Dann steckt er das Handy wieder ein und streichelt seiner Freundin übers Haar. „Beruhige dich, der Doktor ist schon unterwegs."

Sie gehen in die Hütte. Der Großvater bekommt schwer Luft. Röchelnd flüstert er: „Kinder ... ich ..." Er ringt nach Worten. „Ich möchte euch noch ein letztes Wort zum Micro ... mégas sagen. Ich weiß nicht, ob es je fliegen wird. Es ... es ist mir nicht gelungen ... aber ... aber ich glaube an euch."

Er schließt die Augen.

Henriette bereitet in der Küche eine Tasse heiße Milch mit Honig vor. Gestärkt redet der Großvater weiter: „Um zu den Atomen fliegen zu können, müsst ihr ihre Größe annehmen. Ihr müsst winzig werden ..." Ein Hustenanfall unterbricht ihn. „Gleich neben meiner Flugmaschine steht eine

große Holztruhe", erklärt der Großvater, nachdem ihm Peter auf den Rücken geklopft hat. „In ihr findet ihr ein braunes Fläschchen. *Petito aqua poco* steht auf seinem Etikett. Es enthält den Extrakt eines seltenen Kaktus aus Südamerika, einer fleischfressenden Pflanze. Mit ihm verdaut sie Insekten und verkleinert sie. Nach meinen Berechnungen ..."

Der Großvater hat keine Kraft mehr. Henriette streichelt seinen Bart, tupft ihm den Schweiß von der Stirn.

Draußen hält ein Wagen. Doktor Gablenz betritt die Veranda und klopft an die Tür. Henriette bittet ihn hastig, hereinzukommen. Der Doktor stellt seine schwarze Ledertasche ab und holt ein Stethoskop zum Abhören des Herzschlags hervor. Er fährt dem Mädchen übers Haar. „Kind, es tut mir so Leid für dich, aber da kommt jede Hilfe zu spät."

Das darf nicht wahr sein! Der Doktor, er lügt. Das alles ist ein schlechter Traum. Das ist nicht wahr. Bitte, lieber Gott, mach, dass das nicht wahr ist!

„Doktor, das stimmt nicht", fährt sie den Arzt an. „Sagen Sie, dass das nicht stimmt!" Henriette guckt mit leeren Augen durch Doktor Gablenz hindurch. Sie kneift sich in den Arm. Erlebt sie das wirklich oder träumt sie? Vielleicht ist ihr Opa gar nicht tot. Ach, wäre das schön! Aufwachen, und ihr Großvater säße neben ihr und würde ihre Hand streicheln.

Aber so ist es nicht. Der Arzt nimmt sein Mobiltelefon und spricht mit dem Beerdigungsinstitut. Henriette wirft sich schluchzend an Peters Schulter: „Opa, mein lieber, lieber Opa. Warum hast du mir das angetan? Warum hast du mich im Stich gelassen?"

„Vielleicht macht er jetzt seine weite Reise in die Atome. Dann ist er bald auf seinem Planeten, in Lächelleiten", versucht Peter zu trösten.

„Meinst du wirklich? Peter, lass uns ihm folgen."

„Klar, wir werden ihm folgen. Und ob wir das machen! Das ist eine prima Idee."

Ein schwarzer Wagen holpert den Weg entlang, zwei Männer steigen aus. Doktor Gablenz legt seinen Arm um Henriettes Schultern und führt sie ans Seeufer. Er will nicht, dass sie mit ansehen muss, wie ihr Großvater in den Sarg gelegt wird. Doch Henriette reißt sich los und rennt in die Hütte. Zum letzten Mal sieht sie ihren Großvater. Wie er so friedlich daliegt, mit seinem weißen Bart und der Knollennase. Als ob er träumt. Ob er schon in seinem Lächelleiten ist? Gerne würde sie ihm etwas auf die Reise mitgeben. Da fällt ihr das Seelometer ein. Sie läuft geschwind zur Feuerstelle, wo Peter es gestern liegen ließ. Sie legt den verästelten Y-Zweig mit dem schwarzen Kasten auf das Kissen. Das Seelometer soll ihn begleiten! Die Leichenträger legen den Deckel auf den Sarg und wollen ihn zunageln. In letzter Sekunde ruft Henriette: „Halt, stopp!!!"

Die Holzkiste wird wieder geöffnet, Henriette reißt das Seelometer wie einen Schatz an sich, dafür setzt sie dem Toten seinen Strohhut auf, schiebt ihm die dunkle klobige Brille auf die Nase. So will sie ihn in Erinnerung behalten.

Bald sind die Kinder wieder allein am See. Doktor Gablenz hat gesagt, er würde jemanden vorbeischicken, Henriette könne auf keinen Fall allein in der Hütte bleiben.

Stunden über Stunden liegt Henriette auf dem Steg, den Kopf aufgestützt, und starrt mit leeren

Augen ins Wasser. Peter sitzt schweigend neben ihr und hat seine Hand auf ihre Schulter gelegt. Plötzlich Stimmen. Das Gesicht von Henriette versteinert, sie wird kreideweiß. Auch Peter ist beunruhigt, er kennt die Stimmen genauso gut wie Henriette: Schwester Ottilie, die Nonnenschwester aus dem katholischen Kinderheim, und Herr Ochsenknopf, der Mathematiklehrer, der beim Reden wie ein Franzose näselt. Schon von weitem ruft er: „Kindäää, dürfen wir euch kurz stören?"

Ohne eine Antwort abzuwarten, bahnt er sich mit Schwester Ottilie einen Weg durch das Gebüsch.

„Das mit deinem Großvater ist schrecklich", begrüßt Schwester Ottilie Henriette und nimmt sie sehr lange in den Arm. Nach einer Weile sagt sie: „Und wie stellst du dir das nun weiter vor?"

Henriette starrt traurig auf den See und zuckt die Schultern.

„Allein...", Schwester Ottilie zögert, „allein kannst du natürlich nicht hier draußen bleiben."

Henriette guckt die Nonne entsetzt an. „Muss ich etwa...?"

„Ja, so schwer es uns fällt, dir dies zu sagen, ja, du musst zurück ins Heim."

Henriette denkt lange nach, es grübelt in ihrem Kopf um zehn Ecken. „Herr Ochsenknopf, können Sie mir noch schnell eine Frage beantworten?", fragt sie ihren Lehrer. „Was geschieht jetzt mit meinem Opa? Wo wird er hingehen? Aber sagen Sie nichts vom Himmel!"

Herr Ochsenknopf zögert, dann sagt er: „Er wird in die Erde eingehen, dann in die Pflanzenwelt."

„Wird er zu Atomen?"

Herr Ochsenknopf lächelt: „Ja, wenn du so willst, er wird zu Atomen."

Spontan sagt Henriette: „Lassen Sie mir bitte Zeit, meine Sachen zu packen."

„Na, das ist doch ein Wort", freut sich Schwester Ottilie. „Ich wusste, dass du zur Vernunft kommen wirst. Also, bis heute Abend. Aber dann musst du auch fertig sein, versprochen?"

Kaum sind die beiden fort, sagt Henriette wie ein Befehl: „Mach das Ruderboot startklar!"

„Wohin willst du?"

Henriette zeigt zum anderen Ufer, da sitzt sie bereits im Boot.

„Was willst du da?"

„Ich will meinem Opa folgen. Was dagegen?", fragt Henriette störrisch.

„Das geht nicht. Die Geschichte mit dem Micromégas ist ein Traum, nichts weiter als ein schönes Märchen. Wir können ihm nicht folgen."

„Aber vorhin hast du doch noch selbst gesagt..."

„Was sollte ich denn anderes sagen? Du warst so traurig, ich wollte dich trösten."

„Immer, wenn ihr einen trösten wollt, sagt ihr die Unwahrheit."

Peter kann reden, so lange er will, Henriette hat es sich fest in den Kopf gesetzt: Nie wieder möchte sie zurück ins Heim! Jeden Morgen beten, jede Woche für die Sonntagsmorgenandacht das Kleid bügeln, von den anderen Kindern als *Henriette-Klopinzette* beschimpft werden - das alles will sie nicht mehr! Lieber mit dem Großvater glücklich auf seinem Planeten leben. Das ist viel besser.

Peter taucht die Ruder nicht mehr ins Wasser ein.

„Was ist?"

„Ich habe mein Handy drüben vergessen. Ohne Handy kann ich nicht weg, ich brauche es. Wir müssen zurück! Wenn da nun ein wichtiger Anruf kommt!"

Henriette bekommt zu viel. Sie ist schon drauf und dran, ins Wasser zu springen und allein nach Lächtinen zu schwimmen. Sie will unbedingt zum Micromégas.

„O.k.", gibt Peter endlich nach. „Ich helfe dir, diesen Klapperkasten startklar zu machen, aber das eine sag ich dir: Ich bleibe hier."

Er hat seine Zweifel, ob ihm das gelingen wird, aus der alten Badewanne eine Mondrakete zu machen. Peter ist zwar Technikfreak und Tüftler aus Leidenschaft, er will später mal Ingenieur werden und Brücken bauen, aber bitte sehr, aus solidem

Material. Aus Badewannen mit kaputten Fahrrädern und Röhrenradios eine Raumfähre basteln, das ist nicht seine Sache.

Henriette hat auch ihren Traumberuf. Wie Peter, will sie auch Brücken konstruieren. Aber unsichtbare Brücken, von einem Menschen zum anderen, Brücken aus Pfeilern von Fantasie. Brücken von einem Stern zum anderen, und jeden Stern würde sie einzeln vom Himmel pflücken. Drum will sie jetzt unbedingt zu den Sternen reisen.

ᘓ TEIL II ᘔ

Auf der Startrampe

Die Kinder haben die Leiter zum Dachboden erklommen und die Petroleumlampe angezündet. Was staunen sie, als sie all die Erneuerungen entdecken, die der Großvater noch vor seinem Tod an seine Erfindung montiert hat. In die Mitte der Badewanne hat er einen Mast mit einem zusammengerollten Segel eingelassen. Daran hängen zwei Lederhelme, so wie sie die Bruchpiloten vor mindestens hundert Jahren getragen hatten. Wie ein Prüfer vom TÜV klopft Peter gegen die abbröckelnde Emaille der Badewanne, testet die Belastbarkeit des Mastes und schüttelt schließlich den Kopf: „Das funktioniert nie im Leben. Damit kannst du dich unmöglich fortbewegen, geschweige denn in die Atome reisen."

Henriette fleht ihren Freund an: „Lass es uns trotzdem versuchen. Bitte!"

„Spinnerin."

„Spinnerin hast du gesagt?" Henriette rümpft eingeschnappt die Nase, sie setzt sich an das Spinnrad, das immer noch neben dem Micromégas steht, tritt auf das Pedal und lässt den Wollfaden durch ihre Hand gleiten. Dann wiederholt sie: „Ich bin eine Spinnerin? Gute Idee!"

„Hey, was machst du da?"

„Ich spinne meine Fantasie so lange in deinen Kopf hinein, bis er federleicht wird. Du wirst es schon merken."

„Du bist ja verrückt!"

„Mein Opa hat mich längst verzaubert. Ich könnte schon fortgeflogen sein, aber leider schaff ich das nicht allein. Du bist der Techniker. Drum verzaubere ich dich jetzt auch."

„Gut, gut." Widerwillig klettert Peter in die Badewanne. „Ich werde es versuchen. Aber ganz normal ist das nicht, was du mit mir vorhast."

Er setzt sich auf das Fahrrad und schmeißt sich in die Pedale. Auf der Straße würde er mit mindestens 100 Stundenkilometer über den Asphalt rasen. Plötzlich ein Fluch: „So ein Mist!!! Dein Opa mag der schärfste Opa auf der ganzen Welt gewesen sein, aber sein zusammengebasteltes Zeug vom Sperrmüll ist ein einziger Schrott! Jetzt habe ich auch noch Kettensalat. Das sind völlige Hirngespinste", flucht er beim Reparieren der Fahrradkette. „Wie willst du mit all dem Gerümpel auf die Größe eines Atoms schrumpfen?"

Henriette sagt nichts, mit verträumten Augen starrt sie durch ihn hindurch.

„Hey, was ist los? Warum reagierst du nicht?"

Sie tippt sich an die Stirn und macht einen Luftsprung: „Reagieren? Du hast reagieren gesagt? Das ist es! Die Flüssigkeit muss reagieren, es muss eine chemische Reaktion mit Wasser stattfinden."

„Welche Flüssigkeit?"

„Das Extrakt der fleischfressenden Pflanze, mit dem sie die Insekten zerkleinert, dem *Petito aqua poco*, von dem mein Opa gesprochen hat. *Aqua* heißt Wasser, das weiß ich. Wir müssen Wasser in die Wanne lassen und dann den Pflanzensaft hinzuschütten."

„Spinn weiter!"

Henriette soll weiter spinnen?

Das kann er haben!

Sie tritt wieder das Spinnrad. Peter zeigt ihr einen Vogel. „Spinnst du? So habe ich das nicht gemeint! Hör auf zu damit!"

Henriette tritt trotzig das Spinnrad weiter.

Peter nimmt die Petroleumlampe und sucht nach der Holztruhe. Hinter einem uralten Paar Skier, noch mit Drahtseilbindung, findet er sie. Er öffnet den Deckel und leuchtet hinein. Neben vielen braunen und grünen Flaschen entdeckt er zu unterst das *Petito aqua poco*. Die ganze Zeit hat er über den Kinderkram gelacht. Jetzt wird ihm mulmig. Wie kann er Henriette nur daran hindern zu fahren? Wenn sie nun Recht hat und mitsamt dem Micromégas auf die Größe eines Atoms schrumpft? Ihm wird gruselig bei dem Gedanken. Wie soll sie später wieder Menschengröße annehmen? Vielleicht wird es eine Reise auf Nimmerwiedersehen? Wie kann er sie nur von ihren verrückten Ideen abhalten?

Henriette drängelt: „Hol Wasser vom Brunnen."

Gehorsam klettert Peter auch noch die Leiter hinunter und schöpft mit einem alten Melkeimer aus dem Brunnen Wasser. Immer wieder steigt er mit vollen Eimern die Leiter hoch und kippt sie in die Wanne. Vom See her sind jetzt die gleichmäßigen Geräusche eines Motorbootes zu hören. Jemand ruft. Peter versteht nichts, das Motorengebrumm übertönt alles.

„Du willst es wirklich machen?", fragt er, als der letzte Eimer geleert ist.

Henriette zuckt mit den Schultern. „Aber wenn ich doch meinen Opa wieder sehen möchte?"

„Gut", sagt Peter, „dann kipp ich jetzt das Pflanzenextrakt hinzu."

„Und du?"

„Was und ich?"

„Kommst du wirklich nicht mit?"

„Ich habe dir doch gesagt, dass ich nicht mitfahren werde. Ohne mein Handy schon gar nicht."

Jetzt sind die Stimmen deutlich zu hören: „Peeeter! Henrieeeette! Wo seid ihr?!"

Schwester Ottilie und Herr Ochsenknopf!

Sie müssen bereits auf dem grasbewachsenen Weg zum Gehöft sein, es klingt ganz nah. Henriette steht schon in Unterhosen, um ins Wasser zu steigen: „Zieh die Leiter hoch!", bittet sie Peter. Auch das tut er, jetzt erst springt Henriette in die Wanne und guckt ihren Freund gespannt an. Statt das Pflanzenextrakt hinzuzugießen, kramt er aus seinen Taschen Tempotücher, einen verbeulten Tischtennisball und ein rostiges Taschenmesser hervor. Endlich kommen zehn kleine rote Dinger zum Vorschein. Er befestigt sie hinten am äußeren Wannenrand.

„Was ist das?"

„Pfennigschwärmer. Noch vom letzten Silvester."

Schon wieder die Stimmen. Diesmal ganz nah: „Da oben müssen sie sein. Ich habe sie gehört."

Die Stimmen sind jetzt direkt unter dem Dach.

„Herr Ochsenknopf, schnell, machen Sie eine Räuberleiter, ich werde nachschauen, ob ich die Ausreißer dort oben entdecken kann."

Henriette schaut Peter ängstlich an, er guckt traurig. Er will sich verabschieden. „Ich muss zu meinen Eltern zurück. Sie würden mich sehr vermissen." Doch er zögert. Auf einmal schlägt er mit seiner Hand in Henriettes Hand ein und lacht: „Ich komme mit." Schnell zieht er sich aus, bis auch er in Unterhosen dasteht und hängt seine Hosen und sein T-Shirt an den Mast, neben das Seelometer, das Henriette von drüben mitgebracht hat. Er nimmt die beiden Lederhelme vom Haken und setzt den einen Henriette, den anderen sich auf den Kopf. Henriette hält zögernd das Fläschchen schräg, sie hält sich die Nase zu, sagt: „Nach uns die Sintflut", und kippt mit Schwung die Flüssigkeit ins Wasser. Ein merkwürdiges Gefühl! Es beginnt zu kribbeln, als ob Tausende von Ameisen über die Haut krabbeln und einen zwicken. Das Wasser schäumt, sprudelt, spritzt und zischt, als ob eine Brausetablette auf der Zunge zergeht. Bald ist kein Wasser mehr in der Wanne, weg, verdunstet oder in die Haut eingesogen. Ohne dass Henriette und Peter es gemerkt haben, sind sie auf die Größe eines Atoms geschrumpft, für ein bloßes menschliches Auge nicht mehr sichtbar.

Peter robbt sich bis zum Sternenrohr vor. „Ich überprüfe den Kurs", erklärt er, dann stößt er einen Schreckensschrei aus: „Wir können unmöglich fliegen! Der Planet deines Großvaters ist verschwunden. Hörst du?!!! Verschwunden! Lächelleiten, ist nicht im Fadenkreuz. Wir sind nicht mehr auf dem richtigen Kurs."

Da! Herr Ochsenknopf. Seine Stimme hallt wummernd und dröhnend von unten herauf: „Sehen Sie die beiden, Schwester Ottilie?"

„Nein, hier ist nichts. Sie sind spurlos verschwunden. Nur dahinten, eine verstaubte Truhe. Sie ist geöffnet."

„Und ich hätte schwören können, die beiden Schlingel halten sich dort oben auf. Vielleicht haben sie sich in der Truhe versteckt. Gucken Sie doch endlich nach!"

Jetzt beginnt eine lautstarke Diskussion. Peter und Henriette streiten sich. Doch was sie sagen, können weder Schwester Ottilie auf dem Dachboden, noch Herr Ochsenknopf unten vor der Hauswand verstehen, denn es sind Stimmen aus einem Miniaturuniversum, die da streiten: „Warum hat dein Großvater keine Karte vom Mikrokosmos hinterlassen? Ohne Karte können wir nicht fliegen!"

„Egal, zünde das Raumschiff! Bloß weg von hier!"

„Wir werden uns verirren."

„Gib mir die Streichhölzer."

„Henriette ... nein! Das darfst du nicht machen!!!"

Plötzlich gibt es eine Reihe von kleinen Explosionen. Schwester Ottilie fällt in Ohnmacht. Ein winziges Raumschiff, ausgestattet mit ausreichender Technologie und bemannt mit zwei Kindern als Astronauten rast in diesem Augenblick in Richtung neuer Universen.

Das weiße Buch

Peter und Henriette haben gar nicht bemerkt, dass sie auf die Größe eines Atoms geschrumpft sind. Henriette erscheint das Micromégas immer noch so gewaltig wie zuvor, auch merkt sie nicht, dass Peter mit ihr kleiner geworden ist. Sie findet das alles ganz normal. Was ist schon dabei, zu den Atomen zu fliegen?

Auch für Peter hat sich seit dem Start nichts verändert, nur die weite Leere um sie herum ist ungewöhnlich. Als ob man mit einem Schiff im Dunkeln über einen See fährt und die Orientierung verloren hat. Nur ganz hinten leuchten einige Punkte, wohl Sterne. Da scheint etwas so schnell geschehen zu sein, dass sie davon gar nichts mitbekommen haben. Peter stößt Henriette in die Seite und streckt triumphierend den Daumen nach oben: „Wir haben es geschafft! Das Ding fliegt."

„Siehst du, mein Opa hatte doch was drauf. Und du hast es nie glauben wollen!"

Peter kriecht mit dem Kopf in den Trichter, um durch das Sternenrohr zu schauen. „Mal sehen, vielleicht haben wir durch die Detonationen der Pfennigschwärmer wieder den richtigen Kurs gefunden." Lange Zeit sagt er nichts, murmelt nur Belangloses. Beunruhigt fragt Henriette: „Siehst du etwas?"

„Nichts. Absolut nichts. Ich sehe weder den Planeten Lächelleiten, noch ein anderes Elektron. Jetzt sind wir verloren im ewigen Nichts. Wir hätten niemals starten sollen."

Henriette stellt sich alles vor. Sie werden bis ans Ende der Universen aller Atome schweben, nie werden sie auf die Erde zurückkehren; den Großvater werden sie in diesem Elektronengewimmel auch nicht finden, und zu essen haben sie sich auch nichts mitgenommen. Es war alles so schnell gegangen.

„Peter, versuch Kontakt mit anderen Planeten aufzunehmen." Es ist nur so eine Idee. Henriette weiß ja nicht einmal, wie er das anstellen sollte.

Auch Peter ist ratlos. Henriette schaut sich im Raumschiff um. „Da, ein Telefon!" Sie rüttelt Peter am Arm. „Versuch zu wählen."

Peter krabbelt zum schwarzen Telefon und wählt eine Nummer. Kein Freizeichen. Natürlich! Ohne Strom kann's nicht funktionieren. Er setzt sich aufs Fahrrad. Der Großvater hat es inzwischen zur Strommaschine umgebaut. Während Peter strampelt, begibt sich Henriette zum Apparat.

„Welche Nummer soll ich wählen?"

„Wähl irgendetwas."

Am Telefon klebt ein Zettel, lauter Nummern stehen drauf. Da steht Lä ... Dann ist die Schrift verwischt. Dazu die Telefonnummer: 813. Soll sie das wählen? Vielleicht landet sie in Lächelleiten, auf dem Planeten ihres Opas. Henriette zögert. Peter ruft keuchend: „Mach endlich! Ich kann nicht mehr."

Gut, Henriette wählt die 813. Endlich ertönt das Freizeichen. Jemand sagt: „Hier Lächtinen auf der Erde."

Ach du grüne Neune! Diese Stimme kennt sie doch. Schnell sagt sie: „Entschuldigung. Falsch verbunden."

Sie will schon auflegen, da poltert Herr Ochsenknopf durch die Leitung: „Hab ich's mir doch gedacht! Ihr habt euch auf dem Dachboden versteckt. Was haben wir euch gesucht! Alle Inseln haben wir abgegrast, bis wir euer Boot am Ufer von Lächtinen entdeckt haben."

„Sie werden uns nie finden. Wir schweben gerade durch die Küche des Bauernhauses."

„Jetzt wirst du auch noch frech! Wir werden euch finden, und wenn wir am Ende die Polizei rufen müssen."

„Was sagt er?", will Peter wissen.

„Er will die Polizei alarmieren."

„Sag ihm, da muss der Arm des Gesetzes aber sehr lang sein, denn wir sind unsichtbar geworden", doch da ist der Funkkontakt bereits unterbrochen: Peter hat aufgehört zu treten, es fließt kein Strom mehr.

„Wähl eine andere Nummer", schnauft er. „Wir können unsere Zeit nicht mit denen vergeuden."

„Aber ich kann Lächelleiten auf dem Zettel nicht entdecken. Pass auf, ich wähle die 774."

„Planet Lächelrose", meldet sich eine Stimme.

„Helft uns! Wir haben uns verfahren", schreit Henriette wegen der schlechten Verständigung in die Muschel. „Wir sind zwei Astronauten von dem Stern Erde und wollen zu dem Planeten Lächelleiten."

„Lächelleiten, da seid ihr ganz falsch. Lächelleiten liegt auf der Achse des aufgeschlagenen Buches, im Planquadrat x22 - y13. Aber kommt doch erst einmal zu uns, ihr seid unsere Gäste, so lange ihr wollt.

„Wo finden wir euch? In welchem Atomquadrat?"

„Wir werden von unserer Radiostation Signale in das All senden. Vielleicht hört sie der Meister, er wird euch weiterhelfen. Merkt euch seinen Namen. Er heißt Archibald Rektus und fängt mit einem A an, A wie Atom, und ich bin übrigens Tom Zwerg."

Ziellos sausen Henriette und Peter durch das Nichts. Sie schweben an Sternen vorbei, großen und kleinen; in der Ferne zischen Kometen mit einem langen Schweif durch den Kosmos. Die beiden reiben sich immer wieder Sternenstaub aus den Augen.

Henriette sitzt hinten zusammengekauert auf der Bank, sie friert. Peter legt ihr seine Jacke über die Schultern. Er schaut durch das Sternenrohr, ob er nicht doch noch Opa Himmelhebers Planeten findet. Auch er weiß nicht, wo die Reise enden wird. Trotz der zugesagten Unterstützung von Tom erwartet er eigentlich keine Hilfe. Wer soll ihnen in dieser unendlichen Weite schon helfen?

Nichts geschieht.

Henriettes Blick fällt auf das alte Röhrenradio. „Tom hat gesagt, dass er von seiner Radiostation Signale in den Kosmos aussenden will. Schalte das Radio ein, vielleicht empfangen wir sie."

Diesmal ist es Henriette, die für Strom sorgen muss. Peter knipst das Radio ein, ein altes Gerät aus dem letzten Jahrhundert. Bei Opa Himmelheber wundert Peter schon gar nichts mehr. Lange dauert es, bis die Röhren warm werden, dann hört er ein flirrendes Rauschen. Peter dreht an allen Knöpfen. Manchmal hört er leise Stimmen von anderen Sternen, auch von der Erde. Sie reden in unbekannten Sprachen. Dann knistert es aus den Lautsprechern. Peter will schon aufgeben und abschalten, da hört er die Stimme eines Mädchens: „Hier ist das Kinderradio der Kinderrepublik *La Schildmatt* des Planeten Lächelrose. Ich bin Seija. Wir haben eine wichtige Mitteilung an alle Sterne unserer benachbarten Galaxien. Zwei Kinder haben sich im Weltraum verirrt. Sagt Archibald Rektus, dem großen Meister, wenn ihr ihn seht, dass er sie zu uns schickt. Ende der Durchsage. Wir fahren jetzt fort in unserer Übertragung des Völkerballspiels der 6. Staffel gegen die 5. Riege des Rudi-Rabauken-Sportvereins."

Nach dieser Durchsage nickt Henriette ein, erleichtert über diese Nachricht und erschöpft vom langen Warten. Peter wartet ungeduldig ab, was passiert, nach ewig langer Zeit passiert tatsächlich etwas. Er klopft seiner Kopilotin auf die Schulter: „Hörst du das? Dieses Stampfen? Als ob jemand durch den Raum schreitet." Henriette schreckt auf. Ängstlich dreht sie sich um. „Guck mal, ein Riese."

Ein uralter Mann, mindestens 100 mal 1000 mal größer als der Eiffelturm, nähert sich dem Micromégas. Den Kindern ist, als erzittere das ganze Universum. Nur der dicke Bauch des Riesen ist zunächst zu sehen. Nach unten hin verschwinden seine Beine in der unendlichen Tiefe des Alls. Sein Gesicht ist jetzt so dicht vor Peter und Henriette, dass sie nur seine Stirn erkennen. Sie ist so faltig wie ein zerklüftetes Gebirge.

Mit einer Pinzette greift der Riese das Raumschiff und setzt es mitsamt den beiden Astronauten in seine Handfläche.
Ist dieses Ungetüm am Ende ein Menschenfresser, der sie gleich verspeisen wird, wie ein Ameisenbär

zwei Ameisen? Doch er scheint freundlich zu sein. „Was führt euch in meine Gefilde?", brummt er. Henriette ist so verdutzt, dass sie gar nicht auf die Frage antwortet, sondern zurückfragt: „Sind Sie der berühmte Herr Rektus?" Die Gebirgsfalten verziehen sich zu einem freundlichen Lächeln: „Ja, der bin ich, der Wächter des Kosmos aller Atome. Was führt euch in mein Reich?" Seine heisere Stimme rauscht wie ein Wasserfall.

„Wir waren einmal größer als jetzt, zwar nicht so groß wie Sie ... aber immerhin!" Mehr fällt Peter auch nicht zu sagen ein. Er hat ziemlichen Respekt vor diesem Riesenmenschen. Bei Herrn Ochsenknopf traut er sich manchmal, frech zu sein, der gibt höchstens eine Strafarbeit auf. Aber bei diesem Riesen! Der braucht nur mit dem kleinen Finger zu drücken, und schon sind sie platt wie Fliegen.

Als könnte er in die Köpfe der Kinder hineinschauen, sagt er besänftigend: „Habt ihr Angst?"

„Nein, wir haben keine Angst."

Archibald Rectus lacht wie ein stotternder Traktormotor. „Ihr könnt mir nichts vormachen. Ich kenne euch sehr gut, ich kenne alle Menschen auf der Erde. Ich weiß genau, was in ihnen vorgeht. Und ich weiß, dass ihr jetzt Angst habt. Aber ich wache nicht nur über alle Menschen auf der Erde, sondern auch über die Wesen, zu denen sie einmal werden, wenn sie gestorben sind."

„Wir sind aber nicht gestorben!", sagt Peter störrisch.

„Ich weiß, ich weiß. Ihr seid nur zum Vergnügen zu winzigen Pünktchen im ewigen Nichts geworden. Es ist schon merkwürdig. Für die Erwachsenen bei euch bestehen die Lebewesen auf den Elektronen nicht einmal in der Fantasie, aber wer sagt ihnen, dass es über ihnen nicht auch größere Wesen gibt, für die ihr Menschen kleiner als Atome seid?"

Peter wird nachdenklich. „Sie meinen, dass gerade in diesem Augenblick jemand Schwester Ottilie und Herrn Ochsenknopf von einem viel größeren Stern mit einem Mikroskop beobachtet, so wie wir neulich die Einwohner von Lächelleiten beobachtet haben?"

Der Riese schmunzelt, als wisse er die ganze Wahrheit. Dann wiederholt er: „Ihr habt mir noch nicht gesagt, was eure Mission ist."

„Ich denke, Sie wissen alles!"

„Ich stelle die Fragen", sagt der Riese streng. „Ich will die Antwort von euch wissen."

„Unsere Mission? Schwer zu sagen." Peter überlegt lange. „Wir wollen wissen, was nach dem Leben kommt."

„Ja", stimmt Henriette ein. „Mein Großvater ist gestorben. Wir suchen ihn nun auf den Elektronen."

Archibald Rectus führt seine Hand dicht an seine Nase, um Peter und Henriette noch näher betrachten zu können. Jetzt ist es für sie auf einmal alles noch größer. Sie sehen Poren, tief wie Mondkrater, Barthaare, wie Äste eines Baumes.

„Wir suchen meinen Opa auf seinem Planeten", redet Henriette weiter. „Lächelleiten soll das Paradies sein, mal sehen, ob die Leute dort auch manchmal von verrückten Sachen träumen. Herr Ochsenknopf meint, dass es nicht normal ist, wenn ich mir ganz fest vornehme, später einmal die Sterne vom Himmel zu pflücken. So lange Arme hat kein Mensch, sagt er. Außerdem würde ich davon nie leben können. Ich soll mir lieber überlegen, ob ich Postbotin, Sekretärin oder Zahnärztin werden will. Das sei etwas Gescheites. Aber ich habe keine Lust, den ganzen Tag Leuten in den Mund zu gucken und ihnen wehzutun."

Peter denkt an seine Tante und seinen Onkel: „Mein Onkel", beginnt er, „streitet oft mit meiner Tante. Meine Tante guckt nämlich jeden Abend eine Sendung nach der anderen an. Sogar die Werbung. Meine Tante sagt: Alle gucken das, es ist ganz normal, dass in allen Familien abends der Fernseher läuft."

„Die Erwachsenen bei uns", sagt jetzt Henriette wieder, „jedenfalls die meisten, wissen, was normal ist und was nicht und wollen uns auch erklären, was normal ist, aber Peter und ich wollen es selbst herausfinden."

Der Riese lacht schallend, dass es durch den ganzen Weltraum dröhnt: „Die Erwachsenen wissen, was normal ist?! Man höre und staune!!! Hoho, Hoho! Ich habe mein ganzes Leben darüber nachgedacht und könnte nicht von mir behaupten, dass ich weiß, was normal ist und was nicht."

„Wie alt sind Sie denn, dass Sie solange darüber geforscht haben?"

„Wie alt ich bin? Ich bin so alt wie das Universum."

„Dann sind Sie der Liebe Gott?"

„Gott ist groß und allmächtig!", ist die Antwort von Archibald Rektus. „Es ist schön, große Gefühle zu haben, aber zu behaupten, man sei der allmächtige Gott, das wäre töricht. Ich werde mich hüten, euch zu sagen, wer ich bin. Ein Weltraumbewohner, reicht das?"

Der Riese zeigt den beiden einen Zauberstift. „Dort ist mein Lebenswerk enthalten, meine gesammelten Gedanken. Sie sind aber noch lange nicht zu Ende gedacht."

„Wenn sie in diesem Zauberstift sind, können wir sie nicht lesen." Henriette schaut enttäuscht zum Riesen hoch. „Das ist echt schade."
Der aber lacht nur, sein mächtiger Körper wackelt wieder wie Götterspeise. „Doch, ihr könnt meine Gedanken lesen."
Peter und Henriette staunen den Riesen mit offenen Mündern an. Er holt einen sperrigen Kasten aus dem Nichts hervor und steckt den Stift in eine schmale Ritze. „In diesem Stift habe ich meine Gedanken aufgehoben", sagt er. „Der Kasten macht sie sichtbar."
Die weißen Seiten seines Buches verwandeln sich mit einem Knopfdruck in Schriftbalken, die sich von allein schreiben. Hunderte, Tausende von Seiten lang.
„Ach so!", sagt Peter enttäuscht. „Ein simpler Computerstick „
„Computer? Was faselst du? Das ist mein Zauberbuch. Eine Erfindung von mir. Dieses Werk", redet der Riese mit bedächtiger Stimme weiter, „ist mein Ein und Alles! Ich gebe es nicht aus der Hand, aber etwas anderes schenke ich euch", und er drückt den Kindern einen dicken Wälzer in die Hand. „Es ist für eure Erwachsenen bei euch auf der Erde. Gebt es ihnen zu lesen. Da steht alles drin, was normal ist. Es wird sie interessieren."
Der Riese lacht höhnisch. Dann meint er: „Ich

werde euch jetzt den Weg zur Kinderrepublik La
Schildmatt auf Lächelrose weisen."

Archibald Rektus bläht seine Backen auf und pustet in seine Handfläche. Das Micromégas wird in
die Luft gestrudelt und wirbelt wie eine Windhose
durchs All. Henriette winkt dem riesigen Weltraumbewohner noch von weitem zu. Peter um-
krallt bei diesem Rütteln und Schütteln das Buch
mit beiden Händen fest. Es darf auf keinen Fall
über Bord gehen. Als sich die kosmischen Winde
beruhigt haben, will er lesen, doch plötzlich
schwebt das Micromégas nicht mehr durch das
Vakuum des Nichts, sondern treibt in der Strö-
mung eines reißenden Flusses, auf dem unzählige
kleine Sternenstrudel tanzen.

Der Fluss mündet in ein Meer, er ist orangefarben.
„Hisse das Segel", ruft Henriette. „Es gibt Wind."
Ihr Opa wird schon gewusst haben, weshalb er ein
Segel in sein Raumschiff befestigt hat.

Peter legt das Buch beiseite und stürzt zum Mast,
jetzt greift Henriette nach dem Geschenk des Riesen. Neugierig schlägt sie die Seiten auf und will
lesen. Sie erstarrt vor Schreck. Alle Seiten sind
weiß. Soll das heißen, nichts ist normal?

Der Luftikus und die Bodenkriecher

Stunden über Stunden segeln sie bei starkem Wind über das Apfelsinenmeer. Endlich ist Land in Sicht. Irgendwann bleibt die Badewanne auf einer Sandbank stecken, und sie müssen hinausklettern. Henriette ist so erschöpft, dass Peter sie in den Arm nimmt und durch das seichte Wasser zum Strand trägt. Der Sand ist dunkelrot. Peter legt Henriette vorsichtig auf den Strand. Aus weichem Zuckersand häuft er ihr ein Kopfkissen. Sie schläft sofort ein, aber Peter kann es kaum abwarten, dass sie wieder aufwacht. Er würde gerne mit ihr die Insel erkunden. Sind sie wie Robinson und Freitag auf einer einsamen Insel gelandet, gibt es hier Lebewesen, oder wenigstens etwas zu essen? Wie eine Idee, die nichts essen muss, sind sie durch das All geschwebt, jetzt knurrt ihnen der Magen.

Bis Henriette wach wird, legt Peter sich auf den Rücken und genießt die warmen Sonnenstrahlen. Das ist ja witzig! Hier scheinen gleich zwei Sonnen, eine rote und eine blaue.

Er spürt etwas gegen seinen Rücken prallen. Peter schert sich nicht weiter darum. Er wird sich das eingebildet haben. Doch jetzt regt sich Henriette auf. „Peter, hör auf, mich mit Steinen zu beschmeißen! Ich will schlafen."

Peter wird misstrauisch und schaut zu den Dünen. Hinter den Grasbüscheln sieht er einen Kopf verschwinden. „Hey, was soll das?", ruft er, doch der Kopf zeigt sich nicht mehr. "Zeig dich! Ich hab dich gesehen!"

Ein Junge mit blonden Stoppelhaaren blinzelt über die Grasbüschel auf der Düne. „Wer bist du?", motzt er Peter an. „Und woher kommst du? Überhaupt, was hast du für eine langweilige Hautfarbe? Weiß wie ein Laken."
Peter ist entrüstet. Warum sollte er langweilig aussehen? Langweilig sieht doch dieser Blödmann aus! Kariert wie ein Schachbrett, mit roten, braunen, weißen und schwarzen und gelben Karos. Wirklich lächerlich! Peter ist so verdattert, dass ihm vor Schreck nichts anderes einfällt als: „Langweilig bist du doch!"
„Woher kommst du?", fragt der Fremde ein zweites Mal.

Peter hat sich inzwischen auf den Bauch gedreht und den Kopf in die Hände gestützt. „Ich bin vom Planeten Erde."

„Komm, woher du willst", murrt der Inselbewohner, „aber wenn du uns langweilig findest, kannst du dich gleich wieder vom Acker machen."

„Du hast doch zuerst gesagt, dass ich langweilig bin!"

„Bist du gekommen, um zu streiten? Stänkern und so? Dann zisch ab. Wir haben keine Lust, uns mit fremden Sternenbewohnern zu fetzen. Wir sind die Kinderrepublik La Schildmatt auf Lächelrose, da brauchen wir so einen Firlefanz nicht. Und überhaupt, sag erst mal die Parole. Ohne Parole kommt keiner über die Dünen."

„Ich kenne keine Parole. Tom hat uns eingeladen."

„Tom? Tom Zwerg?", sagt der fremde Junge jetzt schon freundlicher. „Das ist unser Inselsprecher. Der entscheidet, wer rauf kann und wer nicht. O.k., dann brauchst du keine Parole. Ich bin Lasse von der Küstenwache. Los, steh auf und komm zu mir, aber ich will auf Nummer Sicher gehen. Leere deine Taschen aus. Ich will sehen, ob du ein Katschi oder ein Pusterohr versteckt hast."

Peter kniet sich hin und wirft die Taschentücher, das Taschenmesser und den Tischtennisball in den Sand, dann erhebt er sich und nähert sich dem Bewohner dieses fremden Planeten. Doch als der den Fremden auf sich zukommen sieht, hält er die Hände vors Gesicht. „Mein Gott, ist das furchtbar!", jammert er. „Es tut mir so Leid für dich. Wenn ich das gewusst hätte, wäre ich nicht so gemein gewesen. Natürlich bist du herzlich Willkommen bei uns."

„Was ist denn nun schon wieder los? Hast du 'ne Schraube locker?" Peter versteht gar nichts mehr.

„Was los ist? Ganz einfach. Ich habe Mitleid mit dir. Wie kann man mit so einer Behinderung überhaupt leben?"

Das ist nun wohl das Verrückteste, was Peter je gehört hat! Wieso soll er behindert sein? Das hat ihm noch nie jemand gesagt?

„Du hast Beinchen wie ein armseliger Käfer", sagt Lasse mit weinerlicher Stimme. „Doch der kann wenigstens fliegen! Aber du? Kriechst über den Erdboden wie eine Schnecke. Guck mal, ich dagegen!", und Lasse kommt hinter der Düne hervor. Das gibt es nicht! Er läuft nicht wie Peter und Henriette mit zwei Beinen auf der Erde, er hat nicht einmal zwei Beine zum Laufen, sondern nur ein Bein, und an dem ist eine Spirale angewachsen. Auf dieser Spirale springt er einmal hoch in die Luft, dann landet er neben Peter. Der hätte mindestens zwanzig Schritte für diese Strecke gebraucht.

Henriette ist inzwischen wach geworden, sie liegt wie benommen im Sand und kommt langsam zu sich. Auch sie steht auf und will den Inselbewohner begrüßen. Lasse macht vor Schreck einen gewaltigen Luftsprung. „Da ist ja noch so eine, die nicht springen kann! Seid ihr denn auf eurem Planeten alle behindert?"

Peter reicht es. Was der für einen Mist zusammen redet, geht über keine Kuhhaut! „Jetzt lass' uns mal Klartext sprechen, du Wiedehopf", fährt er Lasse an. „Warum sollen wir behindert sein? Wir laufen so wie normale Menschen laufen, wie sie schon immer gelaufen sind."

„Quatsch nicht so ein blödes Zeug", protestiert Lasse. „Wir sind viel schneller als ihr. Ihr kriegt uns nie ein."

„Ihr seid doch nicht normal, auf einer simplen Stahlfeder herumzuhüpfen!"

Lasse zeigt Peter einen Vogel: „Du amputierter Tausendfüßler!"

„Amputierter Tausendfüßler?! Das sagst du nicht noch einmal!" Peter will sich auf Lasse stürzen.

Lasse holt Schwung und springt in die Luft: „Krieg mich doch, Strandläufer!", ruft er und lacht.

„Na warte, du Luftikus", schreit Peter gegen die Brandung an. Lasse brüllt: „Bodenkriecher!" Und Peter: „Springmaxe!"

Keuchend rennt Peter ihm hinterher, doch Lasse macht so weite Sprünge, dass Peter aufgeben muss. Nach drei Runden kommt Lasse wieder angesprungen. „Lass uns wieder vertragen", ruft er von weitem. Dann hört er mit dem Springen auf und federt im Stehen weiter. Bedrückt schaut er auf den roten Sand. „Seid ihr gekommen, um uns zu sagen, dass wir nicht normal sind, dass mit uns etwas nicht stimmt? Dann könnt ihr gleich wieder abhauen! Bisher hat uns das noch niemand gesagt. Wir dachten, mit uns wäre alles in Ordnung."

„Los, vertrag dich mit Lasse!" Henriette redet auf Peter ein, der aber bleibt bockig: „Mit dem!? Niemals!"

Henriette versucht es anders: „Die Kinder in La Schildmatt können sich nicht so fortbewegen wie wir auf der Erde", meint sie ernst. „Aber das ist doch nicht so wichtig, wie sich jemand fortbewegt, Hauptsache, es klappt überhaupt. Bei uns gibt es Menschen, die haben zwar keine Sprungfedern unterm Fuß, aber sie sitzen in einem Stuhl, der Räder hat. Na und? Vielleicht ist das normal. Vielleicht würde sich Gott die Menschen, wenn er sie noch einmal erschaffen würde, mit zwei Rädern unterm Hintern ausdenken."

Peter weiß nicht mehr, was er sagen soll. Er will aber weiter streiten und sucht nach einem Vorwand. Abfällig betrachtet er die Kleider von Lasse.

65

Ihm fällt auf, dass das Hemd dreckig ist, die Hose löchrig. „Bist du ... ich meine ... deine Eltern, sind sie denn so arm?", geht es wieder los. „Wieso? Was hast du? So laufen wir alle hier herum. Was ist denn jetzt wieder so komisch daran? Unser Hemd ist die Sonne."

„Das scheint bei euch ganz anders zuzugehen als bei uns", sagt jetzt auch Henriette und lässt Zuckersand durch ihre Finger rieseln. „Bei uns verdienen die Eltern Geld, um ihren Kindern feine Klamotten kaufen zu können?"

„Genau", sagt Peter. „Eure Eltern müssen doch auch dafür sorgen, dass ihr drei Paar Jeans im Kleiderschrank habt, mindesten vier Sweatshirts und Rollkragenpullover, dann braucht ihr einen Computer mit Flachbildschirm, ein Fotohandy und einen MP3-Player."

„Hä?!", sagt Lasse und stiert Peter entgeistert an. „Was ist das denn für'n Schnickschnack? So was kennen wir nicht. Geld? Was ist das? Wächst das in der Heide? Wir spielen den ganzen Tag lang Völkerball oder beobachten Schnüffelgrunzhüpfer auf dem Springpfuhl. Wir brauchen euer Spielzeug nicht."

Peter flüstert: „Die sind wirklich ein bisschen neben der Rolle." Lasse hört Peters Sticheleien nicht. „Das Wort Eltern kennen wir nicht", sagt er.

„Sind das Leute, die älter sind und deshalb glauben, klüger zu sein?"

„Eltern", sagt Peter, „das sind zwei Erwachsene, ein Mann und eine Frau, die sich sehr lieb haben, sie haben uns Kinder auch sehr lieb, sie erziehen uns."

„Na ja", korrigiert Henriette, „manchmal haben sie sich gar nicht lieb, dann streiten sie sich, manche wollen ihre Kinder auch gar nicht haben..."

„Die Eltern sagen uns Kindern, was richtig und was falsch ist", sagt Peter mit erhobenem Zeigefinger, als wolle er Lasse selbst sagen, was richtig und was falsch ist.

Lasse lacht schallend. „Das Klügste, was es bei uns gibt, sind die Kinder, und wenn es bei uns Erwachsene geben würde, würden die von uns lernen. Einen Erwachsenen haben wir ja, den Tom Zwerg. Der hat's nicht leicht, er ist der einzige, der bei uns jeden Tag in der Schule büffeln muss. Und du", wendet er sich jetzt an Henriette, „sagen dir denn deine Eltern, was richtig und falsch ist?"

Henriette wird rot. „Äh ... ich ... um ehrlich zu sein ... habe keine Eltern", stottert sie. „Die, die ich einmal hatte, steckten mich in ein Heim, bis mein Großvater mich zu sich nahm. Aber der ist jetzt tot. Und nun soll ich wieder ins Heim."

„Was ist das, ein Heim?", erkundigt sich Lasse.

„Das ist ein Haus, in das uns Erwachsene stecken, wenn wir keine Eltern haben oder wenn sie uns nicht erziehen können, weil wir nie gehorchen", sagt Henriette.

„Erziehen?", fragt Lasse entsetzt. „Was ist denn das schon wieder für ein grässliches Wort? Wir ziehen in unseren Gärten Pflanzen hoch, damit sie gerade wachsen. Seid ihr denn auch Pflanzen, die gerade wachsen müssen. Und wem gehorcht ihr? Wir auf Lächelrose horchen auf die Vögel, wenn sie im Morgengrauen zu singen beginnen. Aber gehorchen? Ich wüsste nicht, wem wir gehorchen sollten."

Peter hat Lust, wieder zu streiten. Am liebsten würde er dieser Springmaus gehörig die Meinung geigen, zum Beispiel ihm sagen, dass Lasse überhaupt nicht weiß, wovon er redet, denn jedes Kind braucht eine Erziehung.

Peter beißt sich aber nur auf die Lippen und lässt Lasse weiter reden: „So lange beide Sonnen am Himmel scheinen, wird es auf Lächelrose nie ein Heim geben." Lasse macht den beiden einen Vorschlag. „Hört zu", sagt er, „bei uns ist die Zeit stehen geblieben, da ist jeden Tag Sommer. Wir bleiben immer Kinder und werden nie erwachsen. Bleibt bei uns, und ihr werdet nie wieder über ein böses Wort weinen müssen. Bei uns bestraft euch keiner, und niemand sperrt euch ein."

Eigentlich wäre es eine tolle Sache, für immer hier zu bleiben. Immer Sommer, jeden Tag in den Wellen baden, das wäre schon super. Doch dann zögert Peter. Ihm fallen seine Eltern ein. Sie hätten sicher Sehnsucht nach ihm und er nach ihnen. Außerdem wären die Sommerferien bald vorbei, die Schule fängt wieder an. Er will doch gut in der Schule sein, damit er später einmal Ingenieur wird. Da ist es doch Schwachsinn, immer Kind zu bleiben, denn nur Erwachsene können Ingenieur werden. Also sagt er entschieden: „Nein, das kommt nicht in die Tüte. Nie im Leben bleibe ich!" Für Henriette hört sich das auch alles verlockend an. Das wäre schon was, ohne Heim, ohne Schwester Ottilie und dem strengen Ochsenknopf zu leben und nie zu sterben, das wäre auch nicht schlecht. Sie will keine Erwachsenen um sich haben, die immer alles besser wissen. Wirklich, das Angebot von Lasse ist verlockend. Wenn da nur nicht der Großvater wäre! Ihn will sie doch wiederfinden.

Warum nur, ist er nicht auf diesen Stern gereist? Hier ist doch das Paradies! Ach nein, denkt sie dann: Auf Lächelrose müsste ein Erwachsener wie der Großvater jeden Tag die Schulbank drücken. Jeden Tag drei Stunden Deutsch und Mathe pauken – das wäre bestimmt nicht das Paradies für ihn.

Tom hat's nicht leicht

Die drei betreten Varlüg, die Hauptstadt von Lächelrose. Solch eine Stadt haben Peter und Henriette noch nie zuvor gesehen. Die Häuser stehen krumm und schief, kreuz und quer wie unaufgeräumte Legobauklötze, als ob sie gleich umkippen würden. Es gibt keine einzige gerade Kante; die Fassaden leuchten rosa, blau und gelb und rot unter den beiden Sonnen Lächelroses. Unter den Fenstern tropfen wie Freudentränen blaue Farbtupfer an den Wänden herunter, zwischen den Dachzinnen hängen bunte Blumen herunter, und goldene Kuppeln schrauben sich in den Himmel.

An einem Turm flattert eine Flagge. Darauf lächelt eine große rote Rose. Es ist wie in einer Märchenstadt. Von Balkonen winken Kinder Lasse und den beiden Außerirdischen zu.

Freudig winkt Lasse zurück. Er scheint alle in der Stadt zu kennen. Zwischen den Häusern hüpfen Jungen und Mädchen mit wehenden Haaren auf ihren Sprungfedern die Straße entlang. Manche springen bis zum obersten

Stockwerk. Einige bleiben bei den dreien federnd stehen, sie tuscheln Lasse etwas in die Ohren und schielen dabei auf Peter und Henriette. Lasse lacht und sagt: „Keine Angst. Sie sind nicht gekommen, um zu stänkern."

Er führt seine Gäste auf einer der vielen Straßen, die in Schlangenlinien, holprig und wellenförmig unter einem Haus in einen Innenhof führt. Er ist nicht überdacht, helles Tageslicht fällt hinein. Neben einem Buchgeschäft befindet sich ein kleines Restaurant. Tische stehen draußen. „Ich lade euch zum Essen ein", sagt Lasse versöhnlich, denn er möchte sich mit Peter wieder vertragen.

Sie setzen sich an einen freien Tisch und warten auf die Bedienung. Ein neunjähriges Mädchen, nimmt die Bestellung auf. Lasse empfiehlt seinen Gästen einen Frühlingssalat und einen Leckerlispieß, der sei sehr zu empfehlen.

Peter und Henriette sind sehr hungrig und freuen sich auf den Salat und den Spieß. Während sie auf das Essen warten, sagt Lasse: „Es wäre schön, wenn ihr bei mir wohnen könntet ..."

„Ja, das wäre super!"

„... aber gerade das geht nicht."

Peter und Henriette ziehen lange Gesichter. „Und warum nicht?"

„Weil ich im siebten Stock wohne."

71

„Kein Problem. Treppensteigen macht uns nichts aus", sagt Peter.

„Da liegt das Problem. Da wir alle in unsere Fenster hüpfen können, haben unsere Architekten keine Treppen zwischen die Stockwerke gebaut."

Da geht der Streit wieder los. Peter springt auf und stemmt wütend die Hände in die Seiten. „Wie könnt ihr nur so einen Quark bauen? Hat euch niemand beigebracht, ordentliche Häuser zu konstruieren? Soll ich dir sagen, wie bei uns die Häuser aussehen? Da sitzt ein Stein auf dem anderen, da gibt es Treppen, sogar Fahrstühle."

„Geht das schon wieder los!", schimpft Henriette. „Hört auf zu streiten. Peter, bei uns ist das doch nicht anders. Du kennst ja selber die vielen Bahnhöfe ohne Fahrstühle. Da kommen Rollstuhlfahrer auch nicht hoch."

„Aber das ist doch alles nicht so schlimm", sagt Lasse. „Ihr könnt bei Tom bleiben. Er wohnt in der Tusneldaallee im Erdgeschoss. Nach dem Essen bringe ich euch hin."

Da kommt es schon, das Essen.

Peter und Henriette haben wirklich großen Hunger. Die ganze Zeit freuen sie sich schon auf saftiges Fleisch und knackigen Salat. Die Bedienung tischt die Speisen auf: „Lasst es euch schmecken."

Peter beißt kraftvoll in den Leckerlispieß, aber was soll denn das? Das ist ja ein Bonbonspieß.

Brombeer- und Zitronenbonbons aufgezottelt auf eine Zuckerstange, und was Henriette für grüne Salatblätter hält, sind Chips, eingetunkt in Waldmeistersirup. Die Salatsoße besteht aus Honig, bestreut mit Zimt, und die Tomatenstücke entpuppen sich als rote Gummibärchen. Peter stochert missgelaunt im Essen herum.

„Ist was nicht in Ordnung?", fragt Lasse. „Schmeckt dir unser Essen nicht?"

„Wir sind eigentlich Fleisch und Gemüse gewohnt."

„Waaas!" Lasse gerät völlig aus dem Häuschen. „Fleisch und Pflanzen! Das sind doch Lebewesen! Ihr könnt doch keine Tiere töten und Pflanzen von ihren Wurzeln abschneiden. Ihr seid Mörder, wenn ihr das tut!!!"

„Na dann esst man weiter eure Süßigkeiten", lästert Peter. „Und grüßt euren Zahnarzt von mir."

Peter ist stinksauer, dass er nichts Deftiges zu essen bekommt. „Wenn ihr nicht so weit weg wäret", droht er, „würde ich mit meiner Klasse vorbeikommen und hier mal richtig aufräumen, euch Manieren und Esskultur beibringen!"

Lasse wehrt ab: „Das ergäbe eine Massenkeilerei, da würdet ihr unterlegen sein." Henriette meckert: „Ihr seid zwei richtige Streithähne." Wieder ermahnt sie Peter: „Mische dich nicht immer in alles ein. Stell dir vor, Lasse und die Kinder von La

73

Schildmatt kommen zu uns und machen Krach, weil es bei uns an jeder Ecke Imbissbuden mit Currywürsten und Pommes gibt und keine Bananen aus Zucker."

Nach dem Restaurantbesuch ziehen sie weiter zur Tusneldaallee, wo Tom Zwerg wohnt.

Lasse klingelt, und nach Minuten wird die Tür einen Spalt weit geöffnet. Ein Mann mit leichtem Glatzenansatz blinzelt hindurch. „Hey Lasse, komm rein. Wie ich sehe, hast du Freunde mitgebracht."

Lasse stellt die Fremden vor. „Das sind die zwei, die dich aus dem Weltraum angerufen haben." Dann verabschiedet er sich. „Ich habe noch Dienst und muss zurück, die Küste bewachen."

Tom bittet Peter und Henriette einzutreten. „Ich bin gerade dabei, eine Strafarbeit über das Thema: *Warum Erwachsene nicht immer die Weisheit mit Löffeln gegessen haben?* zu schreiben. Aber das kann ich später weitermachen. Lasst uns in die Küche setzen, im Wohnzimmer wohnt mein Sohn Toni."

„Im ganzen Wohnzimmer? Dann haben Sie ja wenigstens das Schlafzimmer."

„Sagt ruhig du zu mir." Tom lacht verlegen. „Nein, wir haben nur eine Einraumwohnung. Es gibt kein Schlafzimmer, an sich müssten wir uns beide das

Wohnzimmer teilen, aber Toni will sein eigenes Zimmer, so schlafe ich in der Badewanne."

Tom ist dieses Thema unangenehm, er lenkt ab: „Und auf der Erde? Wie ist es da so? Habt ihr auch solche bunten Städte wie wir?" Eine Antwort wartet er nicht ab. „Wollt ihr etwas essen?", fragt er seine Gäste. „Ich habe gerade für Toni und mich Waffeln mit Puderzucker gemacht. Lecker."

„Nein danke, wir sind schon satt."

„Wie alt ist denn Toni, dass er so mit dir herumspringen kann?", fragt Peter.

„Wieso fragst du? Er ist neun. Das spielt doch keine Rolle. Kinder sind bei uns König."

„Mein Vater würde mir etwas husten, wenn er meinetwegen in der Gerümpelkammer wohnen müsste."

Plötzlich ist ein dumpfes Aufschlagen gegen die Nachbarwand zu hören. Tom hüpft ins andere Zimmer. „Hör sofort auf, Ball zu spielen", hören ihn Peter und Henriette schimpfen. „Antonio Zwerg, ich sag dir, gleich bist du reif. Wenn der Ball nun Gläser und Vasen zerteppert und in die Scheibe klirrt. Außerdem werden sich die Nachbarn beschweren."

Antonio wird patzig: „Du hast mir gar nichts zu sagen!" und schmeißt den Ball weiter gegen die Wand.

Tom kehrt in die Küche zurück. „Ihr seht, Kinder sind bei uns wirklich Könige", seufzt er. Aber dann murmelt er: „Ich bin einfach nicht mehr Herr im Haus, nicht nur Toni, alle Kinder auf der Insel halten mich zum Narren. Ich kann mich nicht durchsetzen, obwohl ich ihr Chef bin." Während Tom redet, ist das dumpfe Aufprallen des Balles gegen die Wohnzimmerwand zu hören. Tom gesteht, dass die Kinder in La Schildmatt ihm schon lange nicht mehr gehorchen. Sie essen nur Süßigkeiten, obwohl er ihnen schon lange erklären will, wie ungesund das ist, sie bauen schiefe Häuser, obwohl er ständig warnt, sie könnten einstürzen, und das mit dem Hüpfen auf der Sprungfeder ist auch nicht auf Toms Mist gewachsen. Aber sie mussten ja ihren Willen durchsetzen! „Was meint ihr, wie sehr ich mich nach einer Frau von einem anderen Planeten sehne. Ich glaube wirklich, Toni braucht eine Mutter und die Kinder eine Inselchefin."

Tom erzählt von seinen vielen Versuchen, eine Botschaft im Kinderfernsehen La Schildmatt zu senden. Irgendwann, da ist Tom sich ganz sicher, wird diese Heiratsanzeige auf einem anderen Stern von einer jungen Dame gehört werden. Aber jetzt will er von seinen Gästen wissen, was sie auf diese weite Reise durch die Universen der Atome geführt hat. Henriette erzählt von ihrem Großvater, der vor seinem Tod gesagt hatte, er sei später einmal auf Lächelleiten zu finden.

Tom denkt lange nach und meint schließlich: „Lächelleiten? Das Paradies? Na ob das man kein Holzpfad ist. Viele wollten schon ins Paradies und sind ganz woanders gelandet. Wir haben hier eine große Bibliothek mit vielen Büchern. Ich werde nachforschen, wo dein Opa wiedergeboren wurde. Von einigen Erdenbewohnern wissen wir, wo sie gelandet sind. Die Großmutter von Pipi Langstrumpf und Karlsson vom Dach wohnt zum Beispiel mit ihren Enkeln auf dem Nachbarstern Bullerbü, und Jules Verne schwimmt auf einem anderen Planeten als Kapitän Nautilus allein in seinem Unterseeboot 20 000 Meilen unter dem Meer. Wo sich allerdings der gute alte Erich mit seinem Emil und all den anderen Detektiven verkrochen hat, weiß niemand von uns. Manche vermuten, sie haben sich in einem fliegenden Klassenzimmer eingerichtet, das nun durch das Universum der Atome kreist. Aber ob dein Großvater tatsächlich auf dem Planeten Lächelleiten wohnt ... wer weiß? Wie gesagt, ich werde mich schlau machen", und er schlägt sofort in einem dicken Nachschlagewerk nach. Er brummelt etwas, dann sagt er: „Da haben wir's! Opa Himmelheber befindet sich auf dem Planet Lächerdingen, in der Stadt Einsam.

Es klingelt.

Henriette guckt neugierig durch den Spion. Es ist Lasse. Er ist in Begleitung eines Mädchens gekommen. Er macht ein strahlendes Gesicht. „Überraschung!!!", ruft er. „Ich habe die Inseldoktorin mitgebracht. Sie will euch Sprungfedern anoperieren."

Peter und Henriette starren sich entsetzt an. Das Mädchen hat eine Schere, eine Säge und einen Lötkolben mitgebracht und sagt zu Peter: „Leg dich auf die Couch, ich bin Chirurgin. Hab keine Angst, ich verstehe mein Handwerk. Es wird nicht wehtun."

Hastig ruft Peter Tom zu: „Es war sehr schön bei dir, aber es ist besser, wir hauen jetzt ab!" Er nimmt Henriette bei der Hand und rennt mit ihr schneller als alle Inselkinder zusammen hüpfen können, durch die krumme Kunterbuntstadt, über die Dünen bis zum Raumschiff, das noch immer auf der Sandbank liegt.

Am Strand lässt Henriette sich erschöpft in den Sand fallen und schläft ein. Wieder ist alles wie im Traum. Als sie erwacht, weiß sie nicht, wo sie ist. In einer Ecke ihres Schädels raschelt die tiefe Stimme des Großvaters, der mit Peter spricht, sie spürt die geriffelten Holzlatten des Landungsstegs, fühlt Kieselsteine durch ihre Finger rieseln. Wo ist sie?

Ein Hündchen kommt angesprungen und schleckt ihr das Gesicht ab und wedelt mit dem Schwanz. Das kitzelt. Lachend wehrt Henriette das Tier ab. Das Fell des Hundes ist weiß, nur am rechten Auge hat es einen braunen Fleck. Sie hat keine Zeit, mit dem Hündchen zu spielen. Die Inseldoktorin hüpft heran, unter ihrem Arm klemmt das Operationsbesteck. „Ich habe gehört, ihr wollt bei uns bleiben?", hört Henriette sie von weitem rufen. „Dazu muss nur noch ein kleiner Eingriff gemacht werden!"

Henriette nimmt den Hund in ihren Arm und watet mit Peter die letzten Meter durch das flache Wasser zur Sandbank. Und schon sitzen sie in ihrem Raumschiff zum Abflug bereit.

Eine Reisende ohne Rückfahrschein

Schon lange schweben sie wieder durch den Weltraum. Es ist hellgrell im All, die beiden Sonnen von Lächelrose beleuchten das Micromégas von der einen Seite blau, von der anderen rot. Auch die Sterne funkeln in diesen Farben. Es ist wie bei einem Feuerwerk.

Peter und Henriette wollen jetzt nach Lächerdingen, aber sie haben keine Ahnung, wo es liegt, wie sie dahin kommen sollen, schon gar nicht. Während Henriette das Hündchen im Arm hat und es streichelt, versucht Peter, wieder zu telefonieren, aber er hört nur: „Kein Anschluss unter dieser Nummer." Endlich ein Freizeichen: „Lächerdingen? Hört ihr uns?" Aber wieder nichts.

„Alle Leitungen tot", flucht Peter. „Das ist doch alles Pippifax, der Müll von deinem Opa."

Aber Henriette hört gar nicht zu. „Ich habe einen Namen für unseren Hund gefunden. Rosa. Wie findest du ihn?"

„Ich habe gerade andere Sorgen." Peter schaltet das Radio ein, Henriette muss Strom treten. Nur der Kinderfunk La Schildmatt ist auf Sendung: „Lasse vom Küstenschutz hat heute zwei Wesen eines fremden Sterns gesichtet. Ihre Sprungfedern sind an ihren zwei Füßen zu jämmerlichen Fußnägeln verkümmert, mit denen sie wohl vor langer,

langer Zeit auch einmal springen konnten. Ihre Essgewohnheiten sind grausamer als die von Raubtieren. Es ist zu befürchten, dass sie mit ihren Artgenossen auf unseren Planeten zurückkehren werden, um uns mit Klassenkeile zu drohen. Daher werden ab sofort zum Schutz der Kinderrepublik Pflichtkurse im Schwitzkasten und Beinstellen angeboten. Vor wenigen Stunden sind die beiden in ihrem mit modernster Technik ausgerüstetem Ufo abgereist.

Weitere Nachrichten folgen. Der kleine Urppo aus Varlüg hat heute zum ersten Mal nicht ins Bett gemacht. Er hat dafür von der Bürgermeisterin der Stadt, Taina Perkele, die Goldene Windel erhalten." Peter schaltet das Radio aus. Die drei schweben von Ewigkeit zu Ewigkeit durch den weiten Raum, als sie plötzlich etwas vor sich sehen, das wie eine Felswand aussieht. Die Wand ist schon so nah, dass Peter nicht mehr abdrehen kann. Das war's dann wohl, denkt er noch, doch die Katastrophe bleibt aus.

Die Wand ist weich. Das Raumschiff federt zurück, Peter und Henriette werden durch die Badewanne gerüttelt. Sie hören wieder das ohrenbetäubende Lachen: „Ha Ho Ha! Wer kitzelt mich am Bauch?" Mit einer Pinzette werden sie wieder in die Höhe gehoben. „Hoho!", dröhnt es. „Alte Bekannte. Wie ich sehe, seid ihr jetzt zu dritt."

Archibald Rektus neckt mit seinem Finger das Hündchen, das den Riesen frech anknurrt. Rosas

Nackenhaare sträuben sich, der Schwanz bleibt eingezogen. In der anderen Handfläche des Riesen liegt ein anderes Raumschiff. Neugierig gucken Peter und Henriette hinüber, aber es ist zu weit entfernt. „Wer ist das dort drüben?", fragt Peter. „Die Person stammt wie ihr von der Erde und will dorthin, wo ihr gerade herkommt", antwortet Archibald Rektus. „Aber fragt sie doch am besten selbst", und er setzt die Kinder in ihrem Micromégas auf die andere Hand, in der keine andere als Schwester Ottilie in einem blauen Schlauchboot mit gelben Streifen sitzt.
Henriette bückt sich schnell, doch die Nonne hat sie bereits gesehen. „Du brauchst dich nicht zu verstecken. Ich bin dir nicht nachgereist, um dich ins Heim zu bringen."
Henriette reckt den Kopf und spitzt die Ohren: „Und wieso haben Sie Ihre Meinung auf einmal so plötzlich geändert?"
„Ich will mich nicht mehr in dein Leben einmischen."
„So etwas haben Sie noch nie gesagt!"

„Das ist wahr. Aber jetzt, wo ich auf mein Leben zurückblicke, sehe ich vieles anders. Warum sollen Erwachsenen Kindern vorschreiben, was sie zu tun und zu lassen haben, warum müssen wir euch ständig behüten und euch herum kommandieren, bloß, weil wir Angst haben, euch könnte etwas passieren, ihr könntet euch erkälten, ihr könntet vor ein Auto laufen, bei Glatteis ausrutschen oder euch beim Radfahren den Hals brechen?"

Henriette rollt vor Staunen mit den Augen. Das sind ja ganz neue Töne, die die Nonne da anschlägt! Schwester Ottilie hört gar nicht auf zu reden. Henriette soll sich später nicht vorwerfen, niemals vom Dreimeterbrett gesprungen zu sein und niemals eine Nachtwanderung im Hottengrund gemacht zu haben, bloß weil ihr das eine strenge Nonne verboten hat, und erst recht solle Henriette nicht auf die Erwachsenen hören, wenn sie sagen, der Berufswunsch *Sternenpflückerin* sei Spinne. Sternschnuppen voller Glück können schließlich jedem auf den Kopf fallen. Wenn sie, Schwester Ottilie, noch einmal eine zweite Chance bekäme, sie würde jetzt alles anders machen

„Und deshalb sind Sie uns gefolgt? Um mir das zu sagen? Sie wollen mich doch nur locken, um mich zurückzuholen, stimmt's?"

Schwester Ottilie schaut bestürzt. „Was muss ich zu Lebzeiten für eine Hexe gewesen sein, damit du solch ein Misstrauen hast? Nein, ich werde dich nicht mitnehmen, denn ich fliege nicht zur Erde zurück. Auf der Erde bin ich gestorben, meine Seele fliegt auf einen anderen Stern. Ich habe Zeit meines Lebens nie etwas gewagt, ich habe nie ein einziges Abenteuer erlebt. Jetzt fliege ich nach Lächelrose. Ich habe eine Heiratsannonce empfangen, die mich sehr angesprochen hat. Nein, wirklich, dieser Tom Zwerg hat es mir sehr angetan. Ich setze wie beim Lotto alles aufs Glück. Lebt wohl, ihr beiden, ich habe es eilig. Herr Rektus, wenn Sie mir bitte den nötigen Schwung geben könnten." Der Riese pustet daraufhin mit vollen Backen in seine Handfläche, in der Schwester Ottilie startbereit auf den Abflug wartet.

Der Riese lacht der Nonne hinterher. „Die ist ganz schön auf Draht, die betagte Dame, was, Kinder? In dem Alter noch reisen, und dann gleich so weit!" Dann fragt er die beiden, wie es unten auf dem Planeten war.

„Sie meinen auf dem Elektron Lächelrose?"

„Habt ihr etwas über das Normale herausgefunden?"

Henriette will etwas sagen, aber sie traut sich nicht. Der Riese zwinkert ihr Mut zu: „Sag es, vielleicht ist dir etwas Pfiffiges eingefallen?"

„Ich habe mir einen Satz ausgedacht, aber ich traute mich nicht, ihn in das Buch mit den weißen

Seiten einzuschreiben, denn vielleicht ist er nicht klug genug."

„Aber wenn es doch deine Überzeugung ist."

„Und wenn es nicht normal ist, was ich mir ausgedacht haben?"

Der Weltraumriese ist fast am Ende seiner Geduld. „Was ist denn nun dein Satz?"

„Gut, aber nicht lachen." Henriette kichert schon selbst. „Mein Satz lautet: Normal ist ein DIN A4-Blatt, es lässt sich falten und in jeden Umschlag stecken. Alles andere, was Kraut und Rüben ist, krumm und schief, passt nicht sauber hinein, man kann es nur in das Kuvert knüllen. Krumm und schief ist aber manchmal viel lustiger. Krumm und schief ist, wenn in der Einkaufsstraße ein Straßenmusiker mit Cordhosen, die bis zu den Knien in Fransen geschnitten sind, mit der Gitarre lustige Lieder spielt und um den Hals ein Gestell mit einer Mundharmonika trägt, und wenn er mit dem rechten Fuß auf eine Pedale tritt, bummert eine Pauke im Takt. Das ist vielleicht nicht ganz so normal, wie es die Leute gerne haben möchten, aber dafür ist es bunter. Auch nicht normal ist vielleicht die schiefe Hauptstadt von Lächelrose."

Archibald Rektus guckt Henriette anerkennend an. „Schreib's ins Buch."

Henriette lässt sich vom Riesen einen Filzer reichen und trägt ihre Gedanken auf der ersten Seite des Buches ein.

Peter klopft ihr auf die Schulter und sagt: „Toll, was du dir da ausgedacht hast, wirklich toll! Es ist normal, dass die Kinder von Lächelrose schiefe Häuser bauen, dass sie bald zusammen krachen, und dann noch ohne Treppen. Wirklich toll der Blödsinn, den du verbreitest!" Der Riese hält seine Hand wie ein Hörrohr an seine Ohrmuschel. „Wie bitte? Was sagtest du? Hast du *toll* gesagt? Toll wie *Toleranz*? Meinst du etwa, dass die, die sich für normal halten, das Andersartige mehr tolerieren sollten? Vielleicht hast du Recht, und das Zauberwort heißt ‚Toleranz'."

Dann lächelt er die Kinder freundlich an und sagt: „Was haltet ihr von dem Satz: Es ist normal, verschieden zu sein?"

☙ TEIL III ❧

Wenn man plötzlich anders ist

Archibald Rektus tut Peter und Henriette einen Gefallen. Damit sie Treibstoff sparen, schreitet er mit den Astronauten in ihrem Micromégas durch das Universum und setzt sie auf einem Planeten im Zentrum einer Stadt ab, in der Nähe eines Tümpels. Trauerweiden hängen ihre Zweige ins Wasser; graue Hausfassaden spiegeln sich, in der Ferne hört man das Brummen und Hupen des Autoverkehrs. Henriette und Peter bedanken sich beim Riesen und krabbeln aus ihrer Raumfähre.

Vor ihnen ist ein großes Schild in den Boden gerammt: „Sie verlassen die Stadt Einsiedel." Daneben eine Hinweistafel: „In 161,13 Metern betreten Sie die Stadt Einsam."

„Einsam?", ruft Peter aus. „Ist das nicht die Stadt, in der dein Großvater leben soll ... nichts wie rüber!"

Henriette runzelt die Stirn und zeigt traurig auf ein weiteres Schild: „Einreise ohne gültigen Ausweis nicht gestattet, Tiere nur mit Gesundheitspass." Das riecht nach Kontrolle. Ausweise haben sie nicht und einen Gesundheitspass für Rosa auch nicht. Wie sollen sie jetzt bloß nach Einsam einreisen? Wenigstens für Rosa hat Peter eine Idee. Er geht mit ihr zum Tümpel, lockt sie ins Wasser und tunkt ihr immer wieder den Kopf unter. „Hör auf!" ruft Henriette entsetzt: „Das ist Tierquälerei!"

Peter verteidigt sich. „Anders bekommen wir sie nicht über die Grenze." Rosa wehrt sich mit den Vorderpfoten so sehr gegen das unfreiwillige Bad, dass sie bald erschöpft ist und sich in einen Bastkorb, den sie am Ufer des Tümpls finden, verkriecht und einschläft.

Peter legt alte Zeitungen über den Korb, damit das Tier versteckt bleibt. Sie gehen zum Zollhäuschen. Am Schlagbaum warten Uniformierte in karierten Uniformen. Nanu? Das ist ja lustig! Sie haben beide ein Brett vor dem Kopf. In das Brett sind zwei Löcher gebohrt, durch die neugierige Augen blinzeln. Die Holzbretter sind den Zöllnern an die Stirn gewachsen. Henriette kann sich ein Kichern nicht verkneifen. „Laufen auf diesem Planeten etwa alle mit einem Brett vor dem Kopf herum?" Ein Grenzer mustert skeptisch die Gesichter der Kinder: „Ihr seid wohl Ausländer? Ihr seht so anders aus. Habt ihr etwas zu verzollen? Waffen oder Funkgeräte? Führt ihr Tiere mit euch? Nein? Dann zeigt bitte eure Ausweise, sonst könnt ihr nicht aus Einsiedel ausreisen."

Henriette wird rot und schaut verlegen zu Boden. Peter stottert: „Äh ... die haben wir unterwegs verloren. Sie sind uns ... ja, genau ... sie sind uns aus dem Raumschiff gefallen, als wir einer Sternschnuppe ausweichen mussten."

„Raumschiff?! Erzählt das eurem Großvater."

Henriettes Augen beginnen zu leuchten. „Das werde ich auch machen. Er wohnt nämlich in Einsam. Und wo ist nun dieses Lächerdingen?"

Der Zöllner lacht. „Lächerdingen? So heißt unser Planet. Er ist aber gespalten, wie man ein Atom spalten kann, und er besteht aus zwei Städten, der Stadt Einsiedel und der Stadt Einsam. Dann fordert der Zöllner beide Grenzgänger auf: „Sagt endlich, woher ihr kommt. Wie bitte? Planet Erde? Eure Namen? Moment, eine Sekunde", und der Beamte tippt die Daten in einen Computer ein. Nach wenigen Sekunden spricht er Peter ernst an: „Hier steht, dass du im letzten Schuljahr in der Deutscharbeit deinen Nachbarn abschreiben ließest. Eigentlich dürftest du nicht nach Einsam einreisen, aber wir werden ein Auge zudrücken. Sollen die sich drüben in Einsam mit dir herumplagen."

Er guckt wieder auf den Bildschirm und wendet sich Henriette zu: „Bei dir sieht die Sache allerdings übler aus. Du bist zu Hause ausgebüchst, als man dich in ein Heim bringen wollte. Das ist ein großes Vergehen! Wir werden dich gleich hier behalten und in ein Heim für schwererziehbare Kinder schicken."

Henriette bekommt glasige Augen. Sie kämpft mit den Tränen. „Bitte nicht! Bitte bitte!!! Ich suche doch nur meinen Großvater. Wenn ich ihn gefunden habe, bleibe ich bei ihm, dann brauche ich kein Heim mehr. Dann habe ich auch wieder ein Zuhause. Bitte lasst mich in die Stadt Einsam! Ich will zu ihm!!!"

Die beiden Zollbeamten stecken die Köpfe zusammen und tuscheln. „Wir wollen mal nicht so sein", sagt einer der beiden schließlich und öffnet den Schlagbaum. Bevor die Kinder passieren, hüpft Henriette ihnen vor lauter Freude an den Hals und küsst sie auf beide Wangen: „Ihr seid die liebsten Grenzer auf der ganzen Welt."

Nach wenigen Metern stehen sie wieder vor einem Schlagbaum. Wieder wollen zwei uniformierte Männer die Papiere sehen. Auch sie haben ein

Brett vorm Kopf. „Wie bitte? Keine Ausweise", fragen sie erstaunt. „Moment, wir telefonieren mit den Kollegen von der anderen Seite."

Der eine Zöllner murmelt etwas ins Telefon, dann sagt er zu Peter: „Wie ich gerade höre, hast du zu Hause etwas ausgefressen. Melde dich hier in der Ernst-August-Strafschule, dort wirst du beim Lehrer Hufschmied zwei Stunden nachsitzen."

Dann guckt er streng Henriette an: „Und du begibst dich bitte umgehend zum Haus der Seelenwiese."

„Was ist die Seelenwiese?"

„Die Seelenwiese ist eine Kinderkolonie, dort wirst du einige Tage bleiben, bis dein Großvater dich abholt."

„Aber er weiß doch gar nicht, dass ich hier bin. Ich muss ihn suchen!"

„Tu, was wir dir sagen!", sagt der Zöllner mit scharfer Stimme: „Und eins merkt euch, eine Mücke machen ist zwecklos! Die Stadt wird von Videokameras überwacht. In der Zentrale weiß jeder, wo ihr euch gerade aufhaltet. Die Polizei wird euch sofort auf den Fersen sein." Er lächelt die Kinder an. „Jetzt aber ab durch die Mitte, marsch, marsch!" Die Zöllner winken die Kinder durch den Schlagbaum, und Peter und Henriette trotten los.

Rosa hat Glück gehabt, sie ist den Grenzern durch

die Kontrolle geschlüpft und ist jetzt nicht mehr im Korb, sondern hüpft einige Meter voraus. Henriette lässt sich das Wort *Seelenwiese* auf der Zunge wie Vanilleeis zergehen „... irgendwie hört es sich verlockend an. Da kann man vielleicht den ganzen Tag auf einer Wiese liegen und die Seele wie in einer Hollywoodschaukel baumeln lassen. Das wird super! Es ist ja nur für ein paar Tage." Die Stadt Einsam ist total anders als die Hauptstadt von Lächelrose. Hier gibt es nur graue und vergilbte Wohnblocks mit schmalen Fenstern, so schmal wie Schießscharten.

Überall Hinweisschilder. „Zum Bäcker: 124,5 Meter", „Zum Polizeirevier: 55,9 Meter." Henriette dreht sich immer wieder ängstlich um. An Litfaßsäulen und auf Laternen, überall beobachten sie kleine schwarze Augen von Videokameras.

Rosa bellt die Passanten an. Verschreckt weichen sie zurück. Ihr Herrchen und Frauchen sind ihnen nicht geheuer. Ohne Brett vor dem Kopf? So etwas Sonderbares ist ihnen noch nie vor die Augen gekommen!

Über die Straßen führt ein Wirrwarr von Schienen. Weichen säumen Kreuzungen, darüber hängt ein Gestrüpp von elektrischen Leitungen; auf Gleisen quietschen Dutzende von Autos, alle haben hinten Stangen, zum Teil verrostet, die mit den Leitungen verbunden sind.

Peter will jemanden fragen, wie das alles funktioniert. Ein Mann schleicht vorbei und flüstert mit ausdruckslosen Augen: „Ich bin der einsamste Bürger Einsams. Sie können mir sowieso nicht weiterhelfen."

Peter lacht: „Aber Sie sollen uns doch weiterhelfen!" Ein anderer Mann stöhnt: „Ich bin müde von der Arbeit."

Ob das wohl ein großer Fehler gewesen war, zu diesen Trantüten zu fahren? Am Ende hält sich der Großvater gar nicht hier auf. Dann würden sie hier nur ihre Zeit vergeuden. Und wie sollen sie aus dieser Stadt jemals hier wieder zu ihrem Raumschiff gelangen - ohne Papiere?

Henriette fragt nach dem Weg zur Seelenwiese. Eine Frau gibt bereitwillig Auskunft: „Ihr müsst den Bus 11A bis zur Endstation nehmen, dann durch den Geh-Wald laufen und schon seid ihr da."

Von einem Schild lassen sie sich die richtige Richtung weisen: „22,2 Meter bis zur Haltestelle", dort warten sie auf den elektrischen Bus. Der Fahrer ist freundlich. „Was, keinen Fahrschein?!", trällert er zu einer fröhlichen Melodie. „Gut. Weil heute Sonntag ist."

Henriette lacht den Fahrer lustig an. Dabei ist heute Donnerstag.

Als Peter den Mann fragt, wie das mit den vielen Autos an den elektrischen Leitungen funktioniert, wer für sie die Weichen stellt, damit sie nicht zusammenstoßen, antwortet er, dass jeder Verkehrsteilnehmer seine Tour vor Antritt der Fahrt in einem elektronischen Brief bei der Verkehrsversorgungszentrale eingibt, die berechnet dann im Computer die unzähligen Fahrten in der Stadt und programmiert die Weichen. Es war ein talentierter Bastler, der das mit der Schienvernetzung ausgetüftelt hat."

Peter wird hellhörig. Er kennt nur einen, der so etwas hinkriegen könnte, und so fragt er: „Hieß der Mann zufällig Himmelheber?"

„Himmelheber? Richtig! Otto Himmelheber. So hieß der Erfinder! Der hat aus Blechdosen hochmoderne Technologie gezaubert."

„Das ist mein Opa!!!", ruft Henriette und trapst vor Aufregung von einem Bein aufs andere. „Wo wohnt er? Wir müssen unbedingt zu ihm!"

„Er ist verschollen. Keiner weiß, wo er sich aufhält. Doch wenn ich mich nicht täusche, müsste er noch in Einsam leben. Aber ich muss weiter. Hinter uns gibt es bereits Stau."

An der Endstation steigen Peter und Henriette aus und spazieren durch den Geh-Wald. Es ist unheimlich. Die Sonne findet kaum Schlupflöcher zum Durchscheinen, im Unterholz raschelt es, als wühlten dort Wildschweine nach Eicheln. Ein Fuchs mit rotem Wuschelschwanz huscht über den

Weg, weit in der Ferne ist das Stampfen der Stadt zu hören.

In einem Hohlweg kommen den Kindern zwei Jugendliche O-beinig entgegen. Sie tragen karierte Trainingsanzüge mit ausgebeulten Knien. Auf ihrer Stirn wachsen ihnen Balken, fast so dick wie Baumstämme, die Ränder versperren ihren Augen wie Scheuklappen die Sicht. Einer von ihnen hat in seinem Brett einen Spruch eingeritzt: „Ich bin stolz, ein Einsamer zu sein."

„Ihr seht wie Außerirdische aus! Seid ihr Kanaken?", krakeelt er und gafft die Gesichter der Fremden ohne Brett vor der Stirn wie blöde an.

„Ja, woher weißt du das?", lacht Henriette. „Kanake heißt Mensch, und wir sind Menschen."

Der andere grölt daraufhin: „Menschen? Dass ich nicht lache. Wenn wir so aussehen müssten wie ihr, würden wir uns das Gesicht mit Teer zukleistern. So nackt, so hässlich um die Augen.!"

Peter muss sich ein Lachen verkneifen.

„Willst dich über uns lustig machen, uns auslachen? Kannst gleich eins aufs Maul kriegen."

Der Typ boxt Peter gegen die Brust. Peter lacht nur.

„Hör auf zu lachen", sagt jetzt wieder der erste gereizt. „Ich mag es nicht, wenn du lachst. Dein Lachen macht mich kirre. Es ist doch nicht normal, so zu lachen! Wie eine Grimasse."

„Genau", wiederholt der zweite: „Das ist nicht mehr normal!!!"

„Klappe", befiehlt der erste und fährt fort: „Nur Affen haben Grimassengesichter, und ihr Menschen stammt von den Affen ab. Ihr gehört in den Zoo!"

Die Typen gucken sich jetzt an, der Erste zischelt dem Zweiten zu: „Die Drecksarbeit machst du!" Gehorsam baut sich der andere in Judoposition vor Peter auf. Da fängt Rosa wie toll zu bellen an.

„Aus dem Köter koch ich Suppe!", grölt der Typ, dann packt er Peter und will ihn zu Boden werfen. Rosa fletscht die Zähne und kläfft lauter, sie zerrt am Hosenbein des Angreifers.

„Los, nichts wie weg!", ruft der andere. „Das ist ein gefährlicher Kampfhund!"

Sie ergreifen die Flucht.

Peter und Henriette gehen weiter, bis sich vor ihnen eine Lichtung auftut. Ein Maschendrahtzaun versperrt ihnen den Weg, dahinter liegt eine Wiese mit vielen Blumen, weiter hinten steht ein weißes Haus. Das also ist die Seelenwiese. Sie sieht wirklich schön aus! Mit ihren weißen Gänseblümchen erinnert sie Henriette an die Sterne, an denen sie in ihrem Raumschiff vorbeigeschwebt sind.

Ein Mann schreitet den beiden mit großen Schritten entgegen. Er hat ein Brett aus Eichenholz vor dem Kopf, mit zwei winzigen Löchern, durch die man seine Augen kaum erkennen kann.

Er schließt ein Tor auf und begrüßt freundlich die Kinder: „Guten Tag, ich bin der Chef der Kinderkolonie. Mein Name ist Holzsam, Herr von und zu Holzsam. Ihr werdet sicherlich schon von mir gehört haben. Ich bin mit meiner Erfindung, der Einpflanzung der Holzsamen am Stirnbereich, über unsere Stadtgrenzen berühmt geworden – das nur in aller Bescheidenheit." Dann wendet er sich Henriette zu: „Ich habe dich schon erwartet. Du wirst dich bei uns wohlfühlen. Verabschiede dich nun von deinem Freund. Ihr seht euch bald wieder, er wird dich besuchen dürfen."

Henriette fühlt sich auf einmal sehr einsam. Jetzt ganz allein ohne Peter? Ohne Rosa? Warum können sie nicht bei ihr bleiben? Warum muss sie hier bleiben, jetzt, da sie endlich weiß, dass ihr Opa irgendwo in dieser Stadt lebt? Traurig trottet sie dem Chef der Kinderkolonie auf das eingezäunte

Gelände hinterher. Sie ist so traurig, dass sie sich nicht einmal mehr nach Peter und Rosa umdreht.

Zu viel Fantasie

„Folge mir, Mädel!" Herr von und zu Holzsam betritt mit Henriette das weiße Haus und schließt mit einem klirrenden Schlüsselbund eine Tür am Ende eines langen Flurs auf. In seinem Dienstzimmer bietet er ihr einen Platz an. „Woher kommst du, Mädel?"

Der mit seinem blöden *Mädel!* Aber Henriette erzählt artig, dass sie vom Planeten Erde kommt, erzählt, wie es dort aussieht, dass es auf der Erde viele Länder und noch mehr Städte gebe, dann erklärt sie, wie sie mit Peter das Micromégas startklar gemacht hat, um in den Kosmos der Atome abzuschwirren.

Der Chef beobachtet das Mädchen skeptisch und macht sich, während sie redet, Notizen. Dann rückt er das Brett vor seinem Kopf nervös zurecht und sagt: „Mädel, ich werde den Eindruck nicht los, dass ein Brett vor deinem Kopf zu deinem Vorteil ..."

Henriette ist erschrocken. „Ich? Ein Brett?"

„Bitte unterbrich mich nicht. Ich wollte es dir gerade erklären. Jetzt hast du mich aus dem Konzept gebracht. Wo war ich stehen geblieben? Ach so, ich bin der Meinung, du hast zu viel Fantasie." Blablabla! Der Chef der Seelenwiese redet und redet. Er redet fast so langweilig daher wie Herr Ochsenknopf im Mathematikunterricht, wenn er einen Kreis erklären will. Der Mann erzählt von den Vorteilen des Brettes im Allgemeinen und von den Vorteilen des Brettes speziell vor dem Kopf. „Die Einwohner Einsams haben durch den Holzschutz vor den Augen keine verqueren Vorstellungen von der Welt mehr. Und genau das scheint dein Problem zu sein", meint Herr von und zu Holzsam und fasst sich ans Brett. „Natürlich sollst du Ideen haben, aber bitte im Rahmen. Unsere Einwohner haben auch Ideen, aber es sind gesunde Ideen. Der eine hat die Idee, sein Auto rot zu lackieren, der andere schwarz, wieder ein anderer fährt einen grünen Wagen, der dritte einen blaugelben. Und dann gibt es sogar manche mit ganz dunkelroten Autos. So entsteht bei uns die Farbenvielfalt. Dann haben wir mehr als hundert Zeitungen. Alle können wir lesen, alle Bürger unserer Stadt dürfen sich frei informieren. In allen steht zwar fast das Gleiche drin, aber dafür mal so, mal so. Für jeden ist etwas dabei. Und das ist das Amüsante an unserem Alltag, verstehst du, Mädel?"

Herr von und zu Holzsam lächelt „... aber glaubst du im Ernst, eine dieser Zeitungen würde die Geschichte abdrucken, dass du in einem Raumschiff von einem anderen Planeten auf unseren geflogen bist? Das interessiert niemanden. Unser Planet ist der einzige bewohnte Planet im ganzen Universum, und unsere Stadt ist die schönste Stadt, die man sich erdenken kann, schöner als Einsiedel allemal!"

Der Chef streichelt Henriette übers Haar. Sie wehrt seine Hand störrisch ab. „Hab keine Angst, Kleine. Dich kriegen wir wieder hin." Er zwinkert ihr vertraulich zu. „Hier, nimm das", sagt er

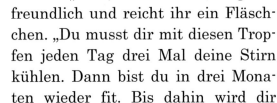

freundlich und reicht ihr ein Fläschchen. „Du musst dir mit diesen Tropfen jeden Tag drei Mal deine Stirn kühlen. Dann bist du in drei Monaten wieder fit. Bis dahin wird dir auch ein Brett gewachsen sein. So lange wirst du wohl bei uns bleiben müssen."

Henriette stampft wütend mit dem Fuß auf. „Drei Monate?! Das ist Betrug! Drei Tage waren abgemacht."

Bevor die Falle ganz zuschnappt, beschließt sie, an der Meinung des Mannes herumzuzotteln. Vielleicht kann sie ihn ja von seinem Entschluss abbringen. „Warum muss es denn unbedingt ein Brett sein?", fragt sie störrisch. Sie denkt an Lasse und die anderen Kinder auf Lächelrose. „Beträufeln Sie mir doch die Füße, damit mir Sprungfedern wachsen und ich lustig hüpfen kann. Damit wäre ich einverstanden."

„Auf was für Ideen du kommst!"

„Doch! Die Kinder in der Kinderrepublik hüpfen alle so herum. Ehrlich, ich habe es mit eigenen Augen gesehen. Die kennen keine Bretter vor dem Kopf, nicht einmal Heime kennen sie, obwohl sie alle keine Eltern haben."

„Wie heißt der Planet?", will Herr von und zu Holzsam wissen und greift nach dem Stift, um den Namen zu notieren.

Soll Henriette ihm wirklich den Namen sagen? Am Ende fliegt er noch nach Lächelrose und sperrt die Kinder alle ein. „Vergessen", sagt sie. „Ich habe den Namen vergessen. Vielleicht haben Sie auch recht, und es war nur ein Traum."

„Siehst du? Ein Traum, meine Rede." Der Chef der Kinderkolonie bleibt dabei: Er wird jetzt die Stirn mit den Tropfen befeuchten. Henriette gibt nicht auf. „Stellen Sie sich vor, auf dem Planeten Lächelleiten kann man Ski fahren!"

Die Augen vom Chef der Kinderkolonie leuchten auf. „Skifahren, was ist das? Das Wort habe ich ja noch nie gehört."

„Skifahren ist", erklärt Henriette, „wenn man sich zwei Bretter unter die Füße schnallt und durch den Schnee vom Berg ins Tal saust."

„Bretter? Unter den Füßen, nicht vor dem Kopf? Das ist fantastisch, Mädel." Der Direktor beginnt zu träumen. „Das ist wirklich fantastisch. Deine Fantasie ist tatsächlich blühend. Auf welche Ideen du auch kommst. Das muss herrlich sein ... im Schnee ... bei Frühlingssonne. Am liebsten würde ich gleich dort hinfahren ... aber herrje ... das geht nur im Traum. In Wirklichkeit gibt es das nicht. Wenn alle bei uns so dächten, würden bei uns im Winter alle Leute mit Brettern unter den Füßen beim Bäcker Brötchen holen. Nein, Bretter gehören vor den Kopf, nicht unter die Füße."

Der Chef dreht den Verschluss des Fläschchens auf und nähert sich Henriettes Stirn.

„Für was soll das nun gut sein?", fragt Henriette misstrauisch, um Zeit zu gewinnen.

„Ein Tropfen enthält exakt fünf Milligramm Holzsamen. Sie werden dafür sorgen, dass dir auf der Stirn ein Brett ... ich denke, du hast das längst verstanden. Durch diese Medizin sollen deine Gedanken gebändigt werden. Sie wird dich ein wenig müde machen. Du wirst jetzt schlafen." Der Chef träufelt drei Tropfen auf Henriettes Stirn. „Und morgen Früh öffnest du nicht eine Minute vor acht

Uhr die Augen. Bitte halte dich an diese Absprache."

Henriette überkreuzt ungeduldig die Beine.

„Was liegt dir auf dem Herzen?"

„Ich muss mal!" Geschwind rennt sie auf die Toilette. Dort wäscht sie die Tropfen auf der Stirn mit Wasser ab. Das wird sie jetzt jedes Mal tun, wenn Herr von und zu Holzsam ihre Stirn mit den grässlichen Tropfen beträufelt hat. Bald liegt sie allein in ihrem Zimmer. Wie soll sie morgen bloß bis acht Uhr schlafen? Wenn sie früher wach wird, wird sie in ihrer Fantasie Brücken von Lächelrose nach Lächerdingen bauen und von Lächerdingen nach Lächelleiten.

Vom Bett blickt sie auf ein Bild, auf das eine rote Rose gemalt ist. Henriette guckt sich die Rose lange an, bald kommt es ihr vor, als bewege sich die Blume im Wind. Ja, wirklich, sie lächelt und zwinkert Henriette zu. Vor dem Einschlafen denkt sie an Lasse, wie er durch die krumme und schiefe Hüpfstadt gesprungen ist. Ob Schwester Ottilie inzwischen Tom, den Inselsprecher von Lächelrose, geheiratet hat? Vielleicht schwimmen sie gerade in der Wundersee oder tauchen gegenseitig durch ihre Beine. Ach, wären Peter und Rosa jetzt hier! Dann hätte sie eine Erinnerung an den roten Strand von Lächelrose, wo ihr das Hündchen zugelaufen ist, an das apfelsinenfarbene Meer und die rote und blaue Sonne, die rechts und links am Himmel schienen.

Die Flucht

Henriette wird früh wach, aber erst um Punkt acht Uhr darf sie die Augen öffnen, hat der Chef gesagt, sonst kriegt sie Stubenarrest und darf nicht mit den anderen Kindern auf der Seelenwiese spielen. Auf dem Nachttisch, hört sie das gleichmäßige Ticken des Weckers. Ach könnte er nur schneller ticken, dann wäre es schon acht Uhr, und sie könnte die Augen aufmachen. Doch dann denkt sie: „Das ist die Zeit." Immer nur tick-tack. Mit jedem Tick-tack ist sie eine Sekunde älter, bis sie einmal ganz alt sein wird, bis sie einmal nicht mehr ist. Eben hat sie sich gewünscht, die Uhr könnte vorwärts ticken, jetzt wünscht sie sich, dass sie stehen bleibt.

Hastig schaut sie sich im Zimmer um. Keine Erzieherin in Sicht, die aufpasst, ob Henriette noch schläft. Sie legt sich auf die Seite, stützt ihren Kopf auf den rechten Arm und starrt den Wecker an. Als es halb acht ist, ertönt eine schnarrende Stimme von der Tür her: „Ich beobachte dich schon die ganze Zeit! Du hältst die Augen offen."

„Wo sind Sie?", fragt Henriette überrascht. „Und wie sind Sie in das Zimmer gekommen?"

„Ich sehe alles. Mein Platz ist über der Tür, ich bin der Frühdienst. Wie ich sehe, ist die Sache sonnenklar: Augen auf vor acht – hast dich um das Spiel gebracht!!!"

Das ist eine furchtbare Nachricht für Henriette. Nicht auf der Blumenwiese Ball spielen. So eine Gemeinheit! Wenn sie doch nun so früh aufwacht und nicht mehr müde ist! Aber staunen muss sie auch. Wenn die Erzieherin gesagt hätte, sie hielte sich hinter dem Fenstervorhang oder im Kleiderschrank versteckt, hätte Henriette das ja noch verstanden, aber über der Tür? Über einer Tür hängen gewöhnlich Bilder von röhrenden Hirschen oder Tonteller aus uralten Töpfereien. Henriette wandert mit ihren Blicken an der Tür entlang und entdeckt unter der Zimmerdecke einen Bildschirm. Eine Frau mit einer qualmenden Zigarette im Mundwinkel sitzt hinter einer Tasse mit dampfendem Kaffee.

„Warum sind Sie so weit weg und nicht bei mir? Das wäre doch viel lustiger?", fragt Henriette. „Ich könnte Ihnen guten Tag sagen und eine Partie Halma gegen Sie gewinnen. Im Halma bin ich nämlich unschlagbar."

„Hier geht es nicht um Kindereien, sondern um ... ach, das verstehst du noch nicht. Was du verstehen musst, ist, dass du dich hier an die Regeln zu halten hast, und das hast du nicht getan. Jetzt werde ich mich erst einmal vorstellen", redet die Frau auf dem Bildschirm weiter. „Ich bin mit meinen zwei Kolleginnen die rechte Hand des Chefs. Man nennt uns die Zentralitas. Wir sitzen in der Zentrale, beobachten und berichten - der Chef greift ein, wenn Not am Mann ist."

Henriette findet das Gespräch langweilig. Sie will nur noch wissen: „Wie heißen Sie?"

„Ich bin A13 und für dich zuständig. Du wirst heute im Zimmer essen. Die Mahlzeiten werden dir gebracht. Um 16 Uhr 03 darfst du neunundzwanzig Minuten malen, anschließend wird der Radioapparat für dreizehn Minuten ins Zimmer geschoben. Da dir noch kein Brett vor den Kopf gewachsen ist, erscheint uns diese Maßnahme notwendig. Wir nennen sie Reizabschirmung."

Damit verabschiedet sich A13, der Bildschirm verblasst, die Zentralita verschwindet.

Traurig setzt sich Henriette im Bett auf. Draußen, auf dem Flur, hört sie Kindergeschrei. Kinder rennen in den Essraum, Löffel klappern an Porzellan, vereinzeltes Lachen, Zanken, zwischendurch immer wieder die strenge Stimme des Chefs.

Warum muss sie im Zimmer hocken und darf nicht mit den anderen essen? Nur weil sie zu früh die Augen geöffnet hat? Dabei ist sie doch in Wirklichkeit ein Riese, ein Mensch, der sich nur so klein gemacht hat, um ihren Großvater in den Atomen zu finden; sie könnte hier, auf diesem Elektron, mit Leichtigkeit die Tür eintreten und weglaufen. All diese Wichtigtuer könnte sie unter ihren Füßen zermalmen, ihr popliges Elektron mit dem Fuß wegschießen! Sollen die Zwerge ruhig glauben, sie hätten Henriette gefangen! Irgendwann wird sie wieder groß wie ein Mensch sein, und dann wird sie es allen zeigen!

Auf einmal wird die Tür aufgedrückt. Ein Wägelchen, angetrieben durch einen kleinen Dieselmotor, rollt in das Zimmer. Der Motor knattert und stinkt nach altem Öl. Vor dem Tisch hält er an, Henriette nimmt sich eine Tasse Hagebuttentee und einen Teller mit Brötchen, Marmelade und Butter.

Da scheppert eine Stimme: „Dein Besteck! Du hast dein Besteck vergessen."
Henriette greift nach Messer und Gabel, das Frühstückswägelchen pufft wieder davon.
Nachdem Henriette ohne Appetit gegessen und die Hälfte stehen gelassen hat, schaut sie traurig aus dem Fenster. Auf der Seelenwiese spielen die Kinder. Henriette hört sie lachen und kreischen. Sie werfen sich Bälle zu, spielen Versteck oder Fangen oder machen es einfach nur den Vögeln nach und laufen mit Flügel-

bewegungen durch den grünen Klee. Und Henriette hat Stubenarrest! Wirklich gemein! Die Tür geht wieder auf: Der Chef höchstpersönlich. „Ich will dir deine Tropfen geben. Bald wirst du die ersten Sprossen deines Brettes an deiner Stirn im Spiegel erkennen. Nicht nur, dass es dir helfen wird, die Welt anders zu sehen, auch wirst du mit einem Brett viel schöner aussehen. Nämlich wie eine normale Einsame. Jetzt aber möchte ich dir Besuch ankündigen."

Der Chef verlässt das Zimmer, Peter tritt ein. Henriette stürmt auf ihn zu: „Back mir einen Kuchen mit einer Feile und einer Säge drin."

Peter schielt zum Fenster und lacht: „Das kannst du auch leichter haben." Er zieht sein Klappmesser aus der rechten Tasche und guckt sich fachmännisch das Fenster an. Henriette schielt ängstlich zum Bildschirm über der Tür. Zum Glück ist er ausgeschaltet, A13 wird Kaffeepause machen. Peter braucht keine fünf Sekunden, dann ist das Fenster aus den Angeln gehebelt. Erst springt Henriette, dann Peter. Schon sind sie auf der Seelenwiese. Sie laufen, so schnell sie können; wie Schatten, fast unsichtbar, huschen sie über die Wiese. Plotzlich: „Werdet ihr wohl anhalten, ihr Ausreißer! Das gibt Stubenarrest bis zur nächsten Woche."

Henriette dreht sich um und sieht die A13 hinter sich herlaufen. Ihr Kopf ist im Fernsehbildschirm eingezwängt. Das Kabel schleift hinter ihr her. „Du hast wohl gedacht, du kannst mich während meiner Pause austricksen, aber du kennst die Zentralitas der Kinderkolonie nicht. Wir sind immer im Dienst."

Eine Zentralita ist vielleicht immer im Dienst, aber leider kann sie nicht so flink hüpfen wie zwei Kinder: Da ein Grasbüschel, hier eine Wurzel und das Fernsehkabel um die Beine verheddert. A13 stolpert und purzelt der Länge nach hin. Henriette und Peter klettern wie Eichkater über den Maschendrahtzaun. Endlich! Henriette ist frei.

Auf einer Lichtung im Geh-Wald wartet Rosa, Peter hat sie an einen Baum angeleint. Das Hündchen wedelt mit dem Schwanz und springt an Henriette hoch.

Sie ist außer Puste. „Das ist doch alles Unfug", keucht sie. „Das wird nie klappen! Sie werden mich finden. Die Stadt ist überwacht von Kameras..."

Peter kringelt sich vor Lachen. „Was erzählst du da? Überwacht? Lass dich überraschen."

Eine heiße Spur

Natürlich musste Peter bei Lehrer Hufschmied nachsitzen. Während der zwei Stunden hatte er sich Gedanken über Henriettes Flucht aus der Kinderkolonie gemacht. Immer wieder stolperte er über das ausgeklügelte Überwachungssystem. Doch irgendwann war der Plan perfekt. Keine zwei Stunden, nachdem er die Ernst-August-Straf-Schule verlassen durfte, schlich er sich in die Stadtzentrale der Überwachungskameras.

„Und wie bist du da reingekommen?"

„Ganz einfach. Ich schaute vorher im Telefonbuch nach dem häufigsten Namen in Einsam. Das ist nun einmal Holzknecht. Holzknecht kommt noch vor Holzapfel. Dem Pförtner sagte ich: Ich möchte meinem Onkel etwas Wichtiges sagen. Er arbeitet hier und heißt Holzknecht.

Der Mann schaute in den Computer. Gut, du

darfst passieren, einen Holz-knecht haben wir hier, und schon war ich in der Schalt-zentrale. Unbeobachtet riss ich alle Plusdrähte heraus und hielt sie an die Minusdrähte. Es zischte und dampfte. Dann bin ich verduftet."

„Und was hast du erreicht?"

111

Peter lacht. „Einen kompletten Kurzschluss! Siehst du dort oben die Videokamera?"

Henriette schaut auf den Ast der Buche und kommt aus dem Staunen nicht mehr heraus. Die Kamera ist zum Himmel gerichtet. Es sieht aus, als beobachtet sie das Leben auf einem fernen Planeten.

Sie gehen in die Stadt. Wieder sträubt sich Rosas Nackenfell, Henriette und Peter drehen sich um und sehen die beiden Jugendlichen von neulich mit ihren ausgebeulten Trainingshosen. Krakeelend kommen sie auf sie zu. „Da seid ihr Menschenaffen schon wieder! Und immer noch ohne Brett vor dem Kopf?"

Der eine baut sich mit aufgeblähter Brust vor Peter auf: „Ich schlag dich Krankenhaus!"

Peter krempelt sich die Ärmel hoch, aber Henriette hält ihn fest: „Lass mich machen!"

Mutig spricht sie die Rabauken an: „Wisst ihr übrigens, dass wir, also mein Freund und ich, bald auf einen Planeten reisen, wo man Bretter nicht vor dem Kopf hat, sondern an den Füßen, um die Berge ins Tal hinunter zu sausen?"

Die Augen der Halbstarken beginnen hinter den Löchern in den Brettern zu leuchten und zu glänzen. Bretter nicht vor dem Kopf, sondern an den Füßen, so was gibt es tatsächlich?"

„Und wie viel müssen wir zahlen, damit wir ohne Brett vorm Kopf leben können?", fragt einer von ihnen. „Wie viel nehmt ihr? Eine Million?"

„Was es euch wert ist?", antwortet Henriette. „Aber man braucht nicht unbedingt Geld dazu."

Die beiden rütteln jetzt ununterbrochen an ihren Brettern, erst zögernd, dann immer heftiger, schließlich versuchen sie mit Gewalt sich die Latten von der Stirn abzureißen.

Peter fragt: „Wollt ihr uns nun verprügeln, oder können wir gehen?"

„Wenn das mit den Brettern unter den Füßen nicht klappt, kriegt ihr Dresche. Aber jetzt lassen wir euch erst einmal in Ruhe. Haut bloß ab!"

Peter und Henriette schauen den zwei Krakeelern eine Weile zu, wie sie mit ihren Brettern kämpfen, dann wird es ihnen zu langweilig, und sie ziehen weiter. Kaum haben sie den Geh-Wald verlassen, sehen sie das Chaos in der Stadt. Jetzt ist auch noch der Verkehr auf den Schienen völlig zusammengebrochen. Busse und Autos können nicht vor und zurück, einige Fahrzeuge sind sogar aus den Gleisen gesprungen. Polizisten auf Fahrrädern fahren auf den Gehwegen, auf ihren Mützen blinkt es blau, und das Martinshorn an ihren Klingeln orgelt schrill.

So etwas hat Henriette noch nie erlebt. Nicht einmal, als sie mit Herrn Ochsenknopf eine Klassenfahrt in die Großstadt gemacht hatten, tummelten sich in der Einkaufsstraße so viele Menschen. Sie findet das Chaos in Einsam echt cool. Die Polizei wird in diesem Gewühl etwas anderes zu tun haben, als ein Mädchen zu suchen, das aus der Seelenwiese ausgerissen ist.

Sie laufen die Hauptstraße entlang. Rosa ist angeleint, damit sie in dem Gewühl nicht verloren geht. Abseits, in einer Hofeinfahrt, dreht ein Leierkastenmann die Drehorgel. Henriette bittet Peter stehen zu bleiben. Sie drängen sich zu dem Mann in den Hof und lassen die Menschenmassen an sich vorbeiziehen. Sie haben nichts, was sie ihm geben können, aber sie feuern ihn beim Spielen an und klatschen im Takt. Henriette tanzt sogar im Kreis. Dadurch ziehen sie Leute an. Die bleiben stehen und werfen Münzen in den Hut. Der Leierkastenspieler nickt bei jeder Münze freundlich. Auf einmal hört Henriette mit dem Tanzen auf und fasst sich an die Stirn: „Kennen wir Sie nicht? Sind Sie nicht der freundliche Busfahrer vom 11A?"

Der Mann lacht bitter: „Ja, der war ich mal. Man hat mich entlassen, jetzt muss ich mir meine Brötchen auf diesem Wege verdienen."

„Und warum hat man Sie entlassen?"

„Ich habe zu viel mit den Fahrgästen geschwätzt. Ich wollte immer ihre Fragen beantworten, doch da ist das Programm der Schienen- und Hochspannungsnetze bei den vielen Staus, die ich hinter mir verursacht habe, zusammengebrochen." Der Leierkastenmann seufzt. „Hier", sagt er, „lasst uns meine paar Groschen, die ich heute verdient habe, teilen. Ihr habt nichts, und Einsam ist eine teure Stadt."

Die Kinder verabschieden sich vom Leierkastenspieler und betreten ein kleines Restaurant. Nicht viele Gäste sind dort, zumeist einzelne Männer, aber auch Frauen sitzen einsam an getrennten Tischen und hüllen sich in Tabakwolken ein. Manche Bretter sind schon vom Nikotin vergilbt. Die Aschenbecher quellen über, der Ober rennt durch das Lokal und tauscht andauernd volle gegen leere aus.

Henriette und Peter setzen sich an einen Fensterplatz. Mit den besten Manieren baut sich der Ober vor ihrem Tisch auf und dekoriert ihn mit raffiniert gefalteten Servietten, silbernem Essbesteck und glänzenden Weingläsern, sogar Suppenteller stellt er auf die Teller. In korrekter Haltung, die Arme auf dem Rücken verschränkt, fragt er Peter: „Was darf es sein, der Herr?"

Peter sagt forsch: „Zwei Brötchen ohne Belag, bitte sehr!"

Der Ober rümpft die Nase und zieht ab.

Neben den beiden sitzt ein Ehepaar, er in Schlips und Kragen, sie mit einer Perlenkette behangen.

Henriette kann nicht mehr mit Peter reden, denn andauernd muss sie den Gesprächen am Nebentisch lauschen.

„Es schmeckt gut, das Essen. Findest du nicht auch, Schatz?"

„Ja, das finde ich auch. Nur das Fleisch ist etwas hölzern. Deine Krawatte sitzt schief."

Der Ehemann zottelt an seinem Schlips. „Könntest du mir bitte den Pfeffer reichen, Schatz?"

„Du sollst doch nicht immer so scharf essen!"

Der Mann: „An die Kartoffeln hätte ruhig noch mehr Salz gekonnt", und die Frau: „Frau Holz hat sich einen Hund angeschafft."

Jetzt schweigen beide lange, endlich sagt der Ehemann: „Weißt du noch Schatz? Unsere Hochzeit. Sie war herrlich, was?"

„Ja, sie war fantastisch. Und jetzt feiern wir wieder Hochzeitstag. Wie doch die Zeit vergeht!"

Jetzt schweigt sich das Paar lange an. Vielleicht haben die beiden viele bunte Gedanken hinter ihren Brettern versteckt, denkt Henriette. Nur trauen sie sich nicht, sie dem anderen zu sagen, weil sie denken, die Ideen interessieren den anderen nicht. Wie sollen sie es auch wissen, sie können ja nicht hinter die Bretter schauen.

Die Eheleute reden weiter. Sie fragt nach der Arbeit im Seniorenheim.

„Darüber gibt es nichts zu erzählen", ist die Antwort. „Du weißt, da kommen wir alle mal hin. Übrigens, der Erfinder der Straßenvernetzung, die nie funktioniert ..." Henriette spitzt ihre Ohren, „... ist jetzt auch bei uns im Seelengrund gelandet." Das Ehepaar genießt seine Mahlzeit, sie zerschneidet das hölzerne Fleisch unermüdlich in kleine Stücke, er nippt genießerisch am Wein, aber beide wissen nicht dass sie Henriette eben zum glücklichsten Mädchen Einsams gemacht haben.

Der vergessliche Großvater

Drei Tage sind Henriette und Peter jetzt schon auf dem Planeten Lächerdingen. Am ersten Tag brannte die Sonne heiß auf ihrem Rücken, am zweiten verfärbten sich die Blätter an den Bäumen rot und gelb und orange, bis sie abfielen. Und heute, am dritten Tag, beginnt es zu schneien, ein wildes Schneetreiben fegt durch die Straßen. Solch einen Wetterumschwung innerhalb so kurzer Zeit haben sie noch nie erlebt. Sie fragen einen Mann, eingehüllt in einen Pelzmantel.

„Das sind die Jahreszeiten. Woher kommt ihr denn? Denkt ihr, die Sonne scheint das ganze Jahr über? Heute haben wir Winter."

Henriette versteht das nicht. Der Mann erklärt es ihr. Das Elektron, auf dem sie lebten, braucht genau vier Tage, um den Atomkern zu umkreisen. Deshalb dauert auf Lächerdingen eine Jahreszeit einen Tag.

„Nur einen Tag?", staunt Henriette. „Kaum die Badesachen aus dem Schrank geholt, muss man sie schon wieder einpacken. Bei uns dauert eine Jahreszeit drei Monate!" Peter schüttelt den Kopf: „Nein, hier möchte ich nicht leben!!! Wenn ein Jahr vier Tage hat, werden Sie ja nicht gerade alt."

„Nicht alt?", lacht der Mann. „Ratet mal, wie alt ich bin!", und er gibt die Antwort schon selbst: „Ich bin 4039 Jahre alt. Heute habe ich Geburtstag. In vier Tagen werde ich meinen 4040. Geburtstag feiern. Das wird ein Fest werden!"

Alle vier Tage Geburtstag feiern? Alle vier Tage Geschenke bekommen? Nicht schlecht, findet Henriette.

Es ist kalt. Sie stapfen durch den pulvrigen Schnee, Peter wachsen kleine Eiszapfen an den Locken und Henriette hat weiße Haare wie eine alte Frau. Zum ersten Mal auf dieser Reise kommt das Seelometer zum Einsatz. Die Seelenwünschelrute soll Henriette den Weg zu dem Ort weisen, wo sich ihr Großvater aufhält. Batterien sind drin, nichts dürfte schief gehen. Henriette hält das Gerät vor sich, der Y-Zweig neigt sich schwach und vibriert etwas. Wenn der Großvater es richtig konstruiert hat, müsste sie nun auf dem richtigen Weg sein. Immer weiter geradeaus. Der Großvater wird bestimmt schon sehnsüchtig warten.

 Der Weg führt sie an einem verschlafenen See entlang, das Wasser ist noch nicht gefroren. Enten schwimmen im gekräuselten Wasser. Rosa wälzt sich am Ufer im Schnee. Henriette findet in ihrer Tasche Brotkrumen, sie wirft sie zu den Enten, die gierig danach schnappen. Peter drängt zur Eile. Sie wandern weiter. Oft begegnen ihnen berittene Polizisten. Henriette hat jedes Mal Angst, sie würden sie fragen, ob sie das entflohene Kind aus der Seelenwiese ist. Wenn ein Polizist sie vom Pferd herab anlächelt, guckt sie ihn erst recht an und fragt: „Guten Tag, Herr Polizist. Ist es noch weit bis zum Seelengrund?"
Der Polizist denkt nun, dass sie nichts zu verbergen hat, nie käme er auf den Gedanken, dass sie gesucht wird.

Am Ende des Sees steht ein Haus mit einem großen Garten. Über dem Eingang ist eine Videokamera zum Himmel gerichtet. Auf Zehenspitzen betreten sie eine große Vorhalle. Das muss das Haus Seelengrund sein. Eine Stimme schreckt sie auf. „Zu wem wollt ihr?"
Henriette will schon sagen: „Zu meinem Großvater, zu Herrn Himmelheber."
Peter fällt ihr ins Wort: „Wir wollen zu Herrn Holzknecht?"
„Einen Holzknecht haben wir", sagt der Pförtner. „Ihr müsst in die dritte Etage, Zimmer 315. Aber leise! Die Senioren halten Mittagsruhe!"
Die beiden steigen die Stufen hoch, mit dem Seelometer wollen sie Stockwerk um Stockwerk, Etage für Etage die Seele von Henriettes Opa aufspüren, doch nirgendwo schlägt es aus. Peter will wieder gehen, aber Henriette steigt weiter die Treppen hoch. Peter bleibt nichts anderes übrig, als ihr zu folgen. Im fünften Stockwerk schlägt das Seelometer plötzlich so heftig aus, dass es zu zerbrechen droht. An die Tür neben dem Treppengeländer klopft ein junger Mann. Henriette hört ein lachendes: „Herein, wenn's meine Enkeltochter ist!"
Der Mann tritt ein. Henriette hält das Seelometer an die Tür. Es biegt sich fast bis zur Erde. Hier al-

so wohnt ihr Großvater. Sie stellt sich dicht an die Tür und blinzelt durchs Schlüsselloch.

Rosa wedelt mit dem Schwanz und piepst, als würde gleich etwas sehr Aufregendes passieren. Henriette sieht durch den Türspalt, wie der junge Mann im Zimmer ein Stück Kuchen und eine Tasse Kaffee auf ein Tischchen stellt. „Guten Tag, Herr Himmelheber, ich habe Ihnen etwas zum Naschen mitgebracht. Das mögen Sie doch so gerne."

„Und wie!", freut sich der alte Mann, „aber ich habe eigentlich mit meiner Enkeltochter gerechnet."

„Ach wissen Sie, Ihre Enkeltochter ...", der junge Mann will weiter reden, doch er hält traurig inne.

„Haben Sie sie nicht am See getroffen? Wie sie flache Steine über das Wasser geworfen hat? Das macht sie jeden Sonntag."

„Aber Herr Himmelheber, heute ist Donnerstag."

„Bin ich schusselig, das habe ich ganz vergessen, dass heute Donnerstag ist. Aber meine Enkeltochter kommt heute. Und wenn nicht heute, dann morgen. Eines Tages wird sie kommen. Ich weiß es ganz genau!"

Der junge Mann seufzt: „Herr Himmelheber, Sie haben keine Enkelin, Sie haben nie eine gehabt. Es tut mir Leid, Ihnen das sagen zu müssen, aber es ist so. Lassen Sie es sich schmecken, Herr Himmelheber. Ich muss weiter."

Schnell verstecken sich die Kinder hinter einer Säule im Gang, als der Altenpfleger das Zimmer von Henriettes Großvater verlässt und im Fahrstuhl verschwindet. Jetzt erst klopfen sie an die Tür.

„Herein, wenn's meine Enkeltochter ist", ertönt es wieder fröhlich aus dem Zimmer.

Henriette öffnet die Tür und tritt ein, Peter und Rosa folgen ihr. „Opa, hier bin ich! Deine Enkeltochter", lacht Henriette. Der Alte hat nicht nur Ähnlichkeiten mit ihrem Opa, er ist es! Der weiße Rauschebart, die klobige Brille auf der Knubbelnase.

Rosa springt an dem alten Mann hoch, Henriette fällt ihm weinend um den Hals. „Opa, Opa, ich bin es wirklich, deine Enkeltochter. Endlich hab ich dich wieder."

Der alte Mann kichert: „Du bist doch nicht meine Enkelin. Dann müsste ich ja dein Opa sein, aber ich bin nicht dein Opa. Du bist die kleine Luise vom Bäckermeister nebenan, stimmt's? Genau, die bist du!"

„Aber mich kennen Sie doch noch, Opa Himmelheber? Ich bin Henriettes Freund. Sie wissen doch noch, wie ich heiße, oder?"

Der Alte lacht. „Du Schlingel bist der Gustav, der immer Kieselsteine an mein Fenster wirft."

„Nein, ich heiße wie im Märchen und fahre immer zum Mond."

„Ach so, Peterchen. Du bist Peterchen."

„Hurra! Sie erinnern sich. Sie wissen, dass ich der Peter bin", ruft Peter begeistert aus, aber Henriette heult: „Nein, er erinnert sich an nichts mehr! Was sollen wir nur tun?" Sie wendet sich wieder ihrem Großvater zu: „Aber mich musst du doch kennen, Opa! Ich bin deine Henriette! Deine liebe, liebe Henriette!"

„Nein, du bist nicht Henriette. Du bist Luise und hast den Gustav mitgebracht."

Es ist alles so traurig. Da sitzt er vor ihr, der Großvater, und erkennt seine Enkelin nicht. Henriette will an etwas Schönes denken, ihr fällt der Steg am See ein, auf dem sie mit dem Großvater oft stand. Auf einmal hat sie eine Idee: „Opa, weißt du noch? Das Butterbrotschmieren. Wie wir immer die flachen Steine über den See geworfen haben? Dein Rekord lag bei dreizehn Mal. Dreizehn Mal sind deine Steine über das Wasser gehüpft. Peter hat es auf achtzehn Mal gebracht. Erinnerst du dich? Hörst du? Butterbrote!" Sie beschreibt ihrem Großvater alles mit allen Einzelheiten, macht ihm die Armbewegungen beim Steinewerfen vor, sie beschreibt es so genau, dass sich der Großvater erinnern muss. Und tatsächlich! Es sieht aus, als hätte Henriette tausend Lämpchen im Kopf ihres Opas angezündet. „Moment", brabbelt er, „da war mal was. Richtig, Butterbrote schmieren – das habe ich immer mit meiner Enkelin und ihrem Freund gemacht. Aber das war nicht hier. Das war auf einem anderen Planeten, in einem früheren Leben."

Nachdenklich schaut er Henriette an, sieht Peter in die Augen, seine trübe, raue Stimme wird klar und er spricht wie zu sich selbst: „Peter? Henriette? Seid ihr es wirklich? Wie lange ist es her, dass wir uns nicht gesehen haben? Ich dachte, ihr würdet nie mehr kommen. Die Zeit verging, ich wartete und hoffte, bis ich das Warten und Hoffen aufgab. Da schlief ich mit meinen Gedanken ein und wollte nichts mehr wissen von der grauen Welt."

Seine Augen blitzen auf: „Ihr müsst mich hier rausholen. Ich will nach Lächelleiten, das ist mein Planet. Dort ist das Paradies. Ich weiß auch nicht, wie ich hierhergekommen bin. Dafür wird wohl der Riese im Kosmos gesorgt haben. Er sagte etwas von Jugendsünden, die ich zu verbüßen hätte, ich müsste meine Strafen hier absitzen. Er erzähl-

te mir auch, dass jeder, der die Erde verlässt,
durch seine Hände geht und von ihm zu seinem
eigentlichen Bestimmungsort im Jenseits geschickt wird."

Jetzt, da er sich wieder an alles erinnert, erscheint
es Henriette, als sei ihr Großvater niemals gestorben. Schon wieder weint sie. Eben, weil sie traurig
war, jetzt vor Glück. Sie wirft sich ihrem Opa an
den Hals und schluchzt: „Wir werden gemeinsam
mit deinem Micromégas nach Lächelleiten fliegen.
Hörst du? Mit dem Raumschiff, dass du gebaut
hast. Das schwör ich dir!"
„Warten Sie zwei Stunden", tröstet Peter. „Es dauert nicht mehr lange, dann sind Sie hier draußen.
Ich habe einen Plan ..."
Die Kinder verabschieden sich von Opa Himmelheber.

Freudentaumel

Am Nachmittag melden sich zwei Klempnergesel-
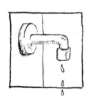len im blauen Monteuranzug, die
schwarzen Ledertaschen mit Werk-
zeug über die Schulter gehängt, beim
Pförtner des Seelengrunds. „Bei
Himmelheber leckt der Wasserhahn."
„Geht in Ordnung, fünfte Etage rechts."

Opa Himmelheber freut sich, als er die Kinder in Verkleidung sieht. „Ist ja wie beim Fasching!", lacht er, doch Peter spricht ernste Worte: „Jetzt darf nichts schiefgehen."

Er holt aus der Aktentasche einen weiteren Blaumann hervor, den zieht Opa Himmelheber auf der Toilette an, und so geht er auch mit Henriette und Peter nach unten ins Erdgeschoss. „Arbeit erledigt!", ruft Peter dem Pförtner zu. „War nur ein Klacks."

Der Pförtner brabbelt ein zufriedenes „Geht in Ordnung", er schaut nicht einmal auf.

Endlich draußen! Sie fassen sich einander an und hüpfen im Kreis, dann gehen sie schnurstracks zum Seeufer hinunter. Dort binden sie Rosa vom Baum ab. Das arme Hündchen musste wieder in der Kälte warten.

„Der Uferweg ist zu gefährlich", meint der Großvater. „Wir müssen durchs Dickicht, auf den Wegen sind Polizeistreifen."

„Bloß keine Panik", sagt Peter gelassen und setzt sich am Ufer auf eine Baumwurzel. Dort öffnet er die Aktentasche und holt drei Paar Schlittschuhe heraus.

Der Großvater begreift: „Nicht schlecht, Herr Spocht." Er setzt sich mit Henriette auch auf die Wurzel und schnallt die Schuhe an.

Der See ist inzwischen fest zugefroren, auf der anderen Seite des Ufers ragen Kiefern in den Himmel, ihre grünen Wipfel werden von der Abendsonne orangefarben beschienen. Die Luft klirrt vor Kälte, aus den Mündern der drei dampft es.

Sie gleiten über den See wie über einen Spiegel. Der Großvater schliddert und wankt, als hätte er Pudding in den Beinen. Peter hat Rosa in den Arm genommen, weil sie immerzu auf den Pfoten ausrutscht. Manchmal knackt unter ihnen das Eis.

Am Ende des krumm gewundenen Sees erreichen sie eine Holzbrücke; sie setzen sich wieder ans Ufer und schnallen die Schlittschuhe ab.

Der Großvater keucht: „Dürfte ich mal erfahren, was ihr mit mir vorhabt? Ein alter Mann ist doch kein D-Zug!"

Peter beruhigt ihn: „Gleich sind wir im Getümmel der Stadt, da fallen wir nicht mehr so auf."

Was sie dort sehen, hätten sie niemals gedacht. Die Bewohner von Einsam haben keine Bretter mehr vor dem Kopf, und die, die noch welche haben, sind dabei, sie sich mit bloßen Händen von der Stirn abzureißen.

Alle strömen auf die Grenze zu und fluten Einsiedel. Die Einsamer fallen den Einsiedlern um den Hals, als seien sie Brüder und Schwestern.

Einsam in Einsam ist heute niemand. Henriette sieht niemanden, der traurig in einer Ecke steht. Sogar ein altes Großmütterchen wird von einer jungen Frau mit einer Nelke beschenkt und bekommt einen Kuss auf die Wange. In den Cafés und Kneipen wartet keiner gelangweilt darauf, dass in ein paar Stunden endlich ein neues Jahr anbricht, das hoffentlich mehr Glück bringt als das alte.

Am Himmel verglimmen rote und blaue und weiße Feuerwerksraketen. Ein riesiges Volksfest! Wie ein Rummel mitten im Winter!

Auch die drei Erdenbewohner laufen in Richtung Grenze. Rosa hüpft hinterher. Kurz vor dem Schlagbaum treffen sie auf einen Mann, der sich auch in die andere Stadthälfte drängelt. „Sind Sie nicht Herr von und zu ...?"

„Holzsam. Ja, der bin ich." Der Mann trägt kein Eichenbrett mehr an der Stirn, zwei winzige Augen, so klein wie Kaninchenaugen, blinzeln die Kinder neugierig an. Heute kennt er keine Regeln und Disziplin. Er will alles andere, als Henriette wieder in das Haus *Zur Seelenwiese* sperren. Mit dem rechten Auge zwinkert er die Kinder ununterbrochen an. Es sieht ein wenig unheimlich aus. Immerzu dieses Zucken. Irgendwie ist es nicht normal. Endlich traut sich Peter: „Warum zwinkern Sie immer so komisch?"

Der Chef der Kinderkolonie lächelt beschämt. „Ich habe ein nervöses Augenleiden. Schon die Kinder in meiner Schulzeit hänselten mich damals, da machte ich mir zur Lebensaufgabe, das mit den Holztropfen zu erfinden. Das Brett hatte den Vorteil, dass man mein Zucken nicht sah."

Die drei verabschieden sich bei Herrn von und zu Holzsam und gehen weiter. An der Grenze verlangen die Zöllner keine Ausweise mehr. Die Reisenden dürfen ohne Papiere weiter nach Einsiedel passieren. Die Beamten erkennen Henriette und Peter wieder. Auch sie haben keine Bretter mehr vor dem Kopf, sie fragen auch nicht, ob Peter tatsächlich bei Lehrer Hufschmied und Henriette in der Kinderkolonie war. Stattdessen schenken sie ihnen zum Andenken ihre Zöllnermützen.

Jetzt sind Peter, Henriette und ihr Großvater wieder in Einsiedel. Dort hat sich nichts verändert. In Bars sitzen Menschen allein mit ihrem Brett vor dem Kopf am Tresen und können sich ein Leben ohne Brett vor dem Kopf nicht vorstellen.

Das Micromégas steht noch immer am Tümpel, am Mast steckt ein Strafzettel: „Abschleppdienst angefordert."

„Schnell! Weg von hier", sagt der Großvater.

„Bloß wie?", fragt Peter

„Opa", jammert Henriette. „Ich habe keine Fantasie mehr. Ich weiß einfach nicht, wie wir abheben können."

„Kinder, ich bin mit meinem Latein auch am Ende. Wenn uns nichts einfällt, müssen wir hierbleiben." Der Großvater schlägt vor, sich in das Raumschiff zu setzen und durch den Kopf drei Liter Fantasie zu spülen wie Öl durch einen Motor, nach zehn Minuten würden sie einander erzählen, was sie sich ausgedacht haben. Rosa ist zuerst dran. Sie bellt dreimal, dann jault sie wie ein Wolf zum Mond auf. Vielleicht ist sie dabei, eine supergute Idee auszubrüten.

Aber zuerst erzählt Peter seinen Einfall: „Wenn wir eine Brücke aus Stahlpfeilern von dem Planeten, auf dem wir uns jetzt befinden, bis nach Lächelleiten konstruieren, und wenn wir davon ausgehen, dass Lächelleiten in der Konstellation der Gestirne gerade tief unter uns steht, bräuchten wir in unserer Raumfähre einfach nur die Brücke von Lächerdingen nach Lächelleiten in die Tiefe zu rutschen."

Henriette macht es sich diesmal leicht, und das nur, weil sie kein Spinnrad zum Spinnen hat. Sie schlägt vor, ganz laut nach dem Weltraumwächter Archibald Reklus zu rufen, der würde ihnen sicherlich wieder aus der Patsche helfen.

Der Großvater schlägt vor, in der Stadt, einen Wankelmotor besorgen. Den würde er an das Raumschiff montieren und es zum Düsenantrieb umfunktionieren.

Die Zeit eilt. Jeden Moment wird die Einsiedler Polizei mit dem Abschleppdienst anrücken. Das kostet Geld. Geld hatten sie keins, und damit wäre das Micromégas weg.

Rosa bellt immer noch herzzerreißend. Ihre Hundefantasie ist gar nicht einmal so übel, findet Henriette. Sie übersetzt ihr Gebell in Menschensprache: Ein Dutzend kleiner weißer Wolkenhunde zieht das Micromégas an langen Leinen zum Himmel, immer in Richtung Lächelleiten. Und da Lächelleiten auch das Hundeparadies ist, gibt es dort auch immer Würstchen, die Rosa sofort schnuppern würde. Und so würde sie das Paradies schon finden.

Die Drei stimmen ab. Alle sind für Rosas Geschichte. Unter fürchterlichem Gekläff und Geheule geht es los. Als sie bereits zehn Meter an Höhe gewonnen haben, lösen sich Rosas Wolkenhunde in Luft auf. Aber das macht nichts. Jetzt fliegen sie wenigstens.

Neugierig blicken sie auf Einsiedel und Einsam herab. Jetzt ist aus zwei Städten eine Stadt geworden. Die Menschen fallen sich immer noch einander in die Arme, köpfen Sektflaschen und küs-

sen sich. Auf den Straßen tanzen sie. In der Mitte
des Getümmels lodert ein großes Lagerfeuer.

Die lästigen Bretter, die noch eben vor den Köpfen
befestigt waren, brennen. Jetzt auch die Bretter
der Einsiedler. Peter winkt mit der Zöllnermütze,
der Großvater salutiert zum Spaß wie ein Offizier.
Das Micromégas verschwindet in den Wolken und
taucht in den Kosmos ein.

⊂⊰ TEIL IV ⊱⊃

Landung im Paradies

Längst haben sich Henriette und Peter an den
Flug durch die Milchstraßen der vielen glitzernden
Sterne gewöhnt, doch diesmal ist es anders. Diesmal reist der Großvater mit. Endlich hat Henriette
ihn wieder, ihren Opa. So weit ist sie nun durch
die Universen der Atome gereist, jetzt hat sie ihn
gefunden! Sie und Peter wollen ihn auf den Planeten bringen, von dem er geschwärmt hatte, als er

noch lebte. Peter guckt durch das
Sternenrohr, während der Großvater das Raumschiff durch die kosmischen Winde manövriert. Das
Segel ist prall aufgeblasen, sie
kommen gut voran. Nach Stunden
ruft Peter begeistert: „Ich sehe einen Planeten."
In der Ferne schwebt eine Kugel im Kosmos, weiß
wie ein Schneeball. Bald erkennen sie Berge und
Täler, Wälder und Felsen, alles wie mit Puderzucker bedeckt.
Henriette wird plötzlich traurig. Soll das schon
das Ende der Reise sein? Bis hierher haben sie den
Großvater begleitet, nun werden sie ihn wieder
verlassen müssen. Drum sagt sie: „Ich will nicht

nach Lächelleiten. Lasst uns gemeinsam zur Erde zurückfliegen." Und das meint sie ernst.

Der Großvater seufzt: „Das wird der Weltraumriese nicht gestatten. Ich kann nicht mehr zurück. Meine Zeit auf der Erde ist abgelaufen, nun muss ich auf einem anderen Planeten leben."

„Kennst du Lächelleiten denn wirklich?", fragt Henriette.

„Ich sagte es euch bereits: Ich verbrachte meine Kindheit in einem Bergdorf wie Lächelleiten. Es ist mir seitdem oft im Traum begegnet. Dieser Planet ist meine Bestimmung. Schon zu Lebzeiten habe ich gehofft, eines Tages ins Paradies zu kommen. Lächelleiten ist das Paradies, glaubt es mir."

„Wenn es das Paradies wäre, würden Sie Adam und Eva antreffen. Sie müssten dann nackt herumlaufen. Hier aber liegt Schnee, es ist kalt, da wird es keine Paradiesvögel und Paradiesäpfel geben."

Der Großvater runzelt die Stirn. Er weiß nicht, was er darauf sagen soll. Peter lässt ihm auch keine Zeit dazu. „Meinen Sie nicht, Sie haben sich im Planeten geirrt, Herr Himmelheber?"

Der Großvater winkt ab!

Der kosmische Fahrtwind weht ihnen kühl um die Ohren. Zum Glück hat Henriettes Opa aus dem

Altersheim in Einsam eine Wolldecke mitgehen lassen. Alle drei wickeln sich in sie ein.

Nach Stunden kreist das Raumschiff über einem Berg. Peter und Henriette gucken neugierig hinunter. Sie hatten mit einer Mondlandschaft gerechnet, aber hier sieht alles wie auf der Erde aus, nicht anders als in den Bergen, wo Henriette letztes Jahr mit dem Großvater war.

Der Gipfel des Berges ist kaum größer als der Pausenhof in Henriettes Schule. „Ein ausgezeichneter Landeplatz", bestimmt der Großvater. Die Kinder haben ihre Zweifel. „Da wollen Sie wirklich landen? Ein bisschen eng, finden Sie nicht?"

Der Großvater lenkt das Raumschiff immer tiefer. Gleich wird es aufsetzen. „Wenn ich mich recht erinnere, muss dieser Gipfel der Hundskopf sein", murmelt er wie zu sich selbst und macht alles für die Landung klar.

„Sie kennen sich aber wirklich gut hier aus", sagt Peter.

„Pssst, Junge! Ich muss mich konzentrieren. Jetzt nicht reden."

„Aber Opa, du redest ja selbst!", kichert Henriette.

„Ich darf das. Ich bin der Pilot. Jetzt keinen Mucks mehr!"

Genau unterhalb des Micromégas zeigt sich ein Abgrund. Der Großvater schafft es nicht, die Flugmaschine rechtzeitig zur Landung zu bringen;

sie schießen über den Abgrund hinaus und fliegen auf eine steile Felswand zu. Der Großvater ruft: „Achtung! Ducken!", reißt dann den Lenkknüppel herum und saust haarscharf an der Felskante vorbei. Die Kinder ziehen die Köpfe ein. Vor Schreck vergessen sie beinahe das Atmen.

Endlich aber klappt die Landung. Der Schnee bremst den Schwung, sie kommen zum Stehen. Peter und Henriette klatschen Beifall, wie man bei einer schwierigen Flugzeuglandung dem Piloten auch applaudiert. Die klobige Badewanne steht direkt neben dem Gipfelkreuz.

„Und der Berg, auf dem wir gelandet sind, heißt echt Hundkopf?"

Der Großvater nickt.

Henriette bewirft ihren Hund mit einem pulvrigen Schneeball. Rosa versucht den Schnee mit der Schnauze zu fangen. Dabei bellt sie Henriette an.

Der Großvater schaut die Kinder schon seit einer Weile traurig an. Er legt seine Arme um Henriette und drückt sie an sich. „Ihr habt mich nun bis ins Paradies begleitet, ich danke euch dafür sehr. Aber ihr könnt hier nicht bleiben. Es ist an der Zeit, Abschied zu nehmen. Kinder, ich werde euch nie vergessen." Tränen treten ihm in die Augen. Auch Henriette beginnt zu weinen. „Opa, ich will nicht gehen", bettelt sie. „Lass uns für immer bei dir bleiben, denn allein, ohne dich, muss ich wieder ins Heim."

„Ich glaube, ihr werdet jetzt gehen müssen."

„Noch drei Tage! Bitte! Lass uns noch wenigstens drei Tage mit dir in deinem neuen Zuhause bleiben. Ich will nicht jetzt schon fahren. Ich will wissen, ob du im Paradies glücklich wirst, dann erst kann ich zufrieden einschlafen, wenn ich zu Hause an dich denke."

Der Großvater zögert: „Was meinst du, Peter?"

„Okay, die Schule beginnt erst nächste Woche. Solange haben wir Zeit."

„Na gut", schnauft der Großvater. „Drei Tage, keinen einzigen mehr!" Dann zeigt er den Hang hinab. „Da vorne, seht ihr? An der Almhütte werden wir uns ausruhen. Geht schon vor, ich schließe das Micromégas mit einer Kette am Gipfelkreuz an, damit es nicht gestohlen wird."

„Aber Opa. Im Paradies klaut doch niemand."

„Sicher ist sicher."

Die Kinder versinken bis zu den Knien im Schnee. Rosa hüpft federleicht neben ihnen den Berg hinunter. Es macht ihr solch einen Spaß, durch den Schnee zu springen, dass sie die Wege doppelt so oft läuft wie Henriette und Peter. Sie tollt einige Schritte vor, dann dreht sie sich um, wedelt mit dem Schwanz, bellt und wühlt sich durch den

Schnee wieder bergauf. Schnee! Ein super Spielzeug.

Aber das soll das Paradies sein? Schnee, Eis, Kälte, schroffe Berggipfel. Ganz so begeistert wie der Großvater ist Henriette nicht. Auch Peter nörgelt. „Da fliege ich lieber mit meinen Eltern im Sommer nach Mallorca. Da habe ich wenigstens Sonne, Strand und Meer." Von weitem sieht es aus, als läge vor der Almhütte eine Puppe. Vielleicht eine Vogelscheuche? Rauchwolken kringeln in die Luft, Skier lehnen an der Bretterwand. Rosa springt vor, sie knurrt, ihr Nackenfell steht zu Berge. Ein Mann sitzt auf einem Holzstapel und raucht Pfeife. In der hinteren Ecke der Hütte türmt sich ein Heuhaufen. Henriette betrachtet den Bewohner des Paradieses mit weit aufgerissenen Augen. Der Sternenbewohner trägt einen Filzhut und Lederhosen, die Gläser seiner Spiegelsonnenbrille blitzen rosarot in der Sonne. Er raucht Pfeife.

Peter stottert: „Sie ... Sie sehen ja aus wie wir Menschen. Sie haben keine Sprungfeder an den Füßen, ein Brett ist auch nicht vor Ihren Kopf gewachsen. Auch die Spiegelsonnenbrille ist normal. Die tragen Menschen bei uns auch. Sind wir hier etwa auf der Erde gelandet?"

Der Mann zwinkert die Kinder belustigt an: „Erde? Daran erinnere ich mich sehr gut. Von der

Erde kommen wir Dorfbewohner alle. Da haben wir einst gelebt. Wir waren gute Menschen, denn das hier ist das Paradies. Willkommen bei uns!"

„Nein, nein", beeilt sich Peter. „Wir bleiben nicht. Wir begleiten nur Opa Himmelheber. Da kommt er." Peter zeigt durchs Fenster auf Henriettes Großvater, der sich durch den tiefen Schnee zur Almhütte herunterkämpft.

„Das ist unser neuer Dorfbewohner?", freut sich der Mann mit dem Filzhut. „Er ist schon bei uns aufgenommen, ein sympathischer Mensch, wie ich sofort sehe. Ich bin übrigens der Konrad."

„Konrad", fragt Henriette. „Darf ich mal deine Brille aufsetzen?"

Konrad lacht: „Hier, bitte, aber ich garantiere für nichts, denn du wirst sie nicht mehr absetzen wollen", und er setzt Henriette seine rosarote Brille auf die Nase.

 Henriette schaut für ein paar Sekunden durch die Gläser, dann setzt sie die Brille wieder ab, reibt sich die Augen und setzt sich die Brille erneut auf. „Ich glaub's kaum", ruft sie. „Das ist ja irre!!!" Sie sieht den Schnee violett schimmernd, der Himmel ist grün wie Klee, und neben der Almhütte, mitten im Schnee, steht ein Palmenhain.

„Ob wir auch solche Brillen tragen dürfen?", fragt sie Konrad.

„Da müsst ihr Rosel fragen. Sie ist die Leiterin des Paradieses."

Peter reißt Henriette die Brille aus der Hand. Mit der Brille sieht er wie ein Popsänger aus. „Hast du das gesehen, Henriette? Es scheinen zwei Sonnen am Himmel. Wie bei den Kindern in Lächelrose." Ohne Brille sieht Henriette die Welt inzwischen wieder mit normalen Augen: Die Sonne steht im Zenit, der Schnee ist weiß wie Papier, der Himmel blau wie Tinte, neben der Hütte wachsen keine Palmen, sondern Kiefernflechten.

„Müsst ihr denn im Paradies alle diese Brille tragen?", fragt Peter.

„Im Paradies muss man lustig und fröhlich sein", antwortet Konrad. „Da müssen wir die Welt auch bunt und rosa sehen. Bei uns schimpft keiner, und keiner ist einsam. Wir begnügen uns mit dem, was wir haben. Und drum schreibt uns die Paradiesordnung diese Brillen vor."

„Und was, wenn man sie nicht tragen will?"

„Tja dann ..."

Knarrend wird die Tür zur Almhütte geöffnet. Der Großvater tritt ein und lacht den Bauern an: „Paradies? Das ist doch hier die richtige Adresse, oder?"

Konrad klopft dem Großvater freundschaftlich auf die Schulter. „Schön, dass du da bist, Bruder. Du warst ein guter Mensch auf der Erde. Das sehe ich sofort."

„Ich glaube, ich kenne Sie", sagt der Großvater.

„Bitte sag nicht *Sie*. Unter Brüdern duzt man sich."

Der Großvater macht einen zweiten Anlauf. „Ich habe dich schon einmal in meinen Träumen gesehen."

„Kann schon sein", lacht Konrad. „Hier kennt jeder jeden."

Der Großvater fragt: „Wo lang geht's ins Dorf?"

„Ihr müsst ins Tal hinunter. Nehmt diese Pappen, es sind alte Kartons vom Kaufmannsladen. Mit ihnen rutscht es sich gut."

Der Großvater weiß nicht, wie er auf dem Karton ins Tal rutschen soll. Peter erklärt es ihm: „Sie setzen sich mit dem Po drauf, halten die Seiten mit den Händen fest, und mit den Füßen strampeln sie so lange im Schnee, bis sie genügend Schwung haben. Und dann geht alles von allein."

Der Großvater versucht es, und nachdem er drei Mal von der Pappe gekippt ist, rasen alle drei schneller als zehn Schlitten ins Tal hinab. Sie springen über Buckel, manchmal purzelt einer von ihnen in den Schnee und überschlägt sich, dann geht alles von vorne los. Rosa läuft nebenher und bellt.

Die ersten Häuser des Dorfes tauchen auf. In der Nähe eines Gasthofes stemmen sie die Füße in den Schnee und bremsen die Fahrt ab. Henriette entdeckt einen Stall. Aus der Tür guckt ein Pferd und wiehert. Gegenüber dampft ein Misthaufen in der warmen Frühlingssonne. Hühner picken gackernd nach Körnern.

Aus dem Schindelholzhaus tritt eine ältere Frau in geblümter Schürze auf die Terrasse. Wie Konrad trägt auch sie eine rosarote Spiegelsonnenbrille. Sie begrüßt die Neuankömmlinge: „Ich bin Rosel. Kommt in die warme Stube und esst euch erst einmal satt. Bei uns soll keiner hungern. Aber reinigt bitte eure Schuhe vom Schnee."

Henriette folgt Peter und ihrem Großvater auf die Terrasse. Mit den Füßen stampfen sie auf den Steinboden, damit der Schnee von den Schuhen und der Kleidung fällt. Sogar Rosas Fell reinigt Henriette. Sauber betreten sie den Flur des Wirtshauses.

Rosel allerdings ist das nicht sauber genug. Sie fegt mit einem Besen getaute Schneereste weg. In gebückter Haltung stöhnt sie: „Ihr seid hier zwar im Paradies, aber auch da gibt es bestimmte Regeln, an die man sich halten muss."

Peter flüstert Henriette zu: „So ein blödes Paradies! Vielleicht eins für die Großen, aber bestimmt keins für Kinder."

In der holzgetäfelten Gaststube steht ein gedeckter Tisch neben dem bullernden Kachelofen. Peter, Henriette und ihr Großvater setzen sich und warten hungrig auf das Essen. An der Wand hängt Jesus am Kreuz, daneben die heilige Maria. Der Großvater guckt gar nicht erst hin. An Gott und Jesus glaubt er nicht so richtig. Rosel will vor dem Essen beten, der Großvater stimmt stattdessen an: „Wir haben Hunger, Hunger, Hunger, haben Durst." Henriette klopft dazu mit dem Löffel auf den Tisch. Rosel geht in die Küche und schlurft mit einer Schüssel Sternchensuppe wieder in die Stube: „Ihr kommt nicht von hier, nicht wahr, dass ihr so einen Lärm macht?

„Nein, wir kommen von der Erde."

Rosel guckt Henriette traurig an. „Herzliches Beileid."

„Wieso das denn?"

„Dass ihr gestorben seid. Und so jung dazu."

„Wir haben nur meinen Opa ins Paradies begleitet."

Die Wirtin schüttelt dem Großvater die Hand. „Herzlich Willkommen", lächelt sie verlegen. „Wir leben glücklich und friedlich in diesem Dorf, ich hoffe, Sie werden auch glücklich und friedlich mit uns leben. Aber hüten Sie sich vor dem Erich. Ich warne Sie vor ihm! Er ist ein Sonderling und zerbricht sich über so viele unnütze Dinge den Kopf. Er macht sich Gedanken, wo man sich keine Gedanken zu machen braucht. Wo er auch hinschaut, sieht er Probleme. Er ist der einzige, der sich weigert, unsere Brille aufzusetzen." Rosel spricht jetzt hinter vorgehaltener Hand weiter: „Er ist nicht ganz normal im Kopf, er ist unser Dorftrottel."

Dem Großvater wird das Geschwätz zu viel, er will sich ausruhen von dieser weiten Reise, doch Rosel zieht ihn am Ärmel zurück. „Hey, die Brille, die dürfen Sie nicht vergessen, jetzt da Sie Paradiesbewohner sind."

„Bekommen wir auch eine?", freuen sich Peter und Henriette.

„Ihr seid nur Touristen", sagt Rosel bestimmt.

Peter und Henriette maulen. Gerne würden sie mit dem Großvater tauschen, doch der will gar keine Brille haben. Aber Rosel hat bereits aus ihrer Schürze eine besonders schöne herausgeholt. Die rosaroten Gläser sind blank poliert, die ganze Wirtsstube, auch der Kachelofen spiegeln sich in ihr. Ob er will oder nicht, Opa Himmelheber muss seine klobige Brille abnehmen und die Spiegelsonnenbrille aufsetzen. Rosel führt ihn auf die Terrasse: „Ist die Sicht nicht herrlich?"

Der Großvater brummt: „In der Tat, zwei Sonnen am Himmel sind putzig, Palmen im Schnee sind auch drollig, aber ich ziehe meine eigene Brille vor. Ich bin nämlich kurzsichtig, wissen Sie, ich gucke mir die Dinge aus der Nähe an, ich untersuche sie sozusagen, und dazu brauche ich keine rosarote Brille."

„Na, da haben wir uns ja was eingebrockt", sagt Rosel bissig und reißt dem Neuankömmling die Brille wieder aus der Hand. „Seine eigene Brille mitbringen! Wo gibt es denn so was!"

Widerwillig führt sie den neuen Paradiesbewohner die Holztreppe hoch und zeigt ihm sein Zimmer. Henriette und Peter beschließen, durch das Dorf zu schliddern. Rosel geht in den Skikeller und kommt mit zwei Paar Skiern und Stöcken wieder. Die Kinder ziehen sich Skistiefel an, steigen in die Bindung und schnallen sie fest. Als sie den Weg unterhalb des Gasthofes entlang gleiten, öffnet sich ein Fenster im ersten Stockwerk. Der Großvater ist schon im Pyjama und winkt den Kindern hinterher. Rosa bellt, sie ist beim Opa geblieben. Eine Wurst war verlockender, als Duftmarken im Dorf zu setzen. Henriette macht sich Sorgen um ihren Großvater. „Er ist doch schon so alt und dann sein Herz."

„Keine Angst!", beruhigt sie Peter. „Hier kann ihm nichts mehr passieren, er ist im Paradies. Ein zweites Mal kann er nicht sterben."

Die Sonnenfinsternis

Sie gleiten auf Skiern den Dorfweg entlang. Hinter Bauernhäusern flattern aufgescheuchte Hühner davon, von Dächern tropft tauender Schnee, ein Bach, quillt vom Schmelzwasser über und plätschert den Hang hinunter.

Auf der anderen Seite des Tals türmt sich ein großer Berg wie ein Riese auf. Konrad hatte ihnen auf der Almhütte erklärt, dass man ihn den unnützen Berg nennt, weil er zu nichts zu gebrauchen ist. Dauernd donnern Lawinen über Felsen ins Tal und reißen dabei manchmal Bäume mit.

Sie schliddern den Weg entlang und spähen vorsichtig um jede Häuserecke. Endlich erreichen sie eine Biegung. Weiter unten ist das Holzgauer Haus. Dort ist der Skihang. Bei dem Wort *Holzgauer Haus* muss Henriette an Herrn von und zu Holzsam denken. Was er jetzt wohl macht? ...

Auf dem Hang wedeln Paradiesbewohner durch den tiefen Schnee, dass es hinter ihnen stäubt, andere schieben in den Kurven den Schnee wie ein Schneeräumfahrzeug beiseite. Wenn sie unten angelangt sind, kraxeln sie im Treppenschritt den Hang wieder bergauf. Oben verschnaufen sie eine Weile. Manche schnallen die Skier ab, setzen sich auf einen Holzstoß und lassen sich von den zwei Sonnen wärmen, die sie durch ihre rosarote Brille sehen. So ein Quatsch! Peter und Henriette können keine zwei Sonnen am Himmel entdecken.

An der kleinen Kapelle müssen sie noch vorbeirutschen, dann sind auch sie am Skihang. Gleich haben sie das kleine Gotteshaus mit dem Kreuz auf der Kirchturmspitze passiert.  Schon von weitem sieht Henriette die geöffnete Tür. Jetzt für den Großvater eine Kerze anzünden. Sie würde sich fest wünschen, dass er es hier im Paradies immer gut haben wird. Auf den Lieben Gott ist Verlass. Auch Peter findet die Idee mit der Kerze gut. Sie schnallen die Skier ab und betreten die Kapelle. Kerzenlicht flackert unheimlich durch den Raum. Vor dem Altar murmelt jemand das Vaterunser. Er spricht es leise, wie jemand, der ganz bescheiden und nie laut sein will, der sich nicht groß macht vor Gott. Als der Jugendliche, fast noch ein halbes Kind, die Kinder hört, unterbricht er sein Gebet und dreht sich um. Peter und Henriette se-

147

hen in ein vernarbtes Gesicht. Dunkle Augen gucken sie traurig an. „Guten Tag, wie heißt ihr? Ich bin der Erich."

Henriette bekommt weiche Knie. Das also ist der Erich, der nicht ganz normal sein soll? Er hat einen kahlen Kopf und Segelohren. Trotz ihrer Angst sagt Henriette artig: „Ich bin Henriette", auch Peter sagt brav seinen Namen.

„Hier, wollt ihr auch etwas haben?" Erich bietet jedem eine Oblate an.

Erich trägt ebenfalls eine Brille, aber keine rosarote, sondern eine mit durchsichtigen Gläsern, wie der Großvater sie hat. „Siehst du durch deine Brille auch zwei Sonnen am Himmel?", fragt Henriette.

Erich lächelt. „Nein. Aber wenn ich ein Maler wäre, würde ich zwei malen, denn tief in mir scheinen manchmal zwei Sonnen."

Peter fragt, woher er die vielen Narben hat.

„Man sagt, wir leben hier im Paradies, da kann jeder tun, wozu er Lust hat. Mein Vater hatte schon immer Lust, mich zu schlagen", antwortet Erich.

„Wenn es ihn selig macht, bin ich der Letzte, der ihn daran hindern will. Ich will nicht sein Paradies zerstören. Auch darf ich nicht in seinem Haus schlafen, sondern muss im Stall im Heu bei den Ochsen liegen. Er wird schon seine Gründe haben, mich in den Stall zu verbannen."

„Wie können da zwei Sonnen in dir scheinen?!"

„Mein Vater ist ein alter Mann, er weiß nicht, was er tut. Ich verzeihe ihm und bete hier jeden Abend für ihn."

Peter bohrt weiter: „Warum mag dich keiner im Dorf?"

Erich kratzt sich am Kopf. Er lacht: „Ich bin wie ihr Spiegel und schneide ihnen ihre eigene Grimasse. Sie mögen mich nicht, denn durch mich wissen sie, wer sie wirklich sind."

Erich zündet eine Kerze an und sagt: „Sie soll für die Dorfbewohner brennen. Auf dass sie immer glücklich sein werden." Dann kommt er auf Peters Frage zurück: „Warum mich keiner mag? Vielleicht, weil ich anders bin als sie, wer weiß? Ich laufe nicht Ski wie sie. Warum sollte ich auch? Ich stapfe lieber durch den Schnee. Wenn ich tief einsinke, versinke ich auch mit meinen Gedanken in den Dingen."

„Und warum trägst du nicht wenigstens eine rosarote Brille? Dann würdest du alles in lustigen Farben sehen, Palmen würden dir Schatten spenden."

Erich schüttelt den Kopf und lacht Peter und Henriette an. „Nein, auch das ist nichts für mich. Ich sehe lieber das, was wirklich ist. Meine eigenen Welten baue ich mir in meiner Fantasie und lasse sie mir nicht durch eine rosarote Brille vortäuschen. Außerdem bin ich weitsichtig, da brauche ich eine andere Brille. Mit ihr sehe ich ferne Dinge scharf und klar herannahen. Um das Dorf mache ich mir Sorgen, versteht ihr? Die Bewohner fühlen sich wohl. Sie spielen Karten, musizieren, für sie ist jeder Tag Sonntag. Was aber passiert, wenn irgendwann jemand kommt und den Reiz unseres Dorfes entdeckt? Darüber machen sie sich keine Gedanken."

„Und was würde dann geschehen?"

„Das allein weiß nur der Herrgott."

Ein Fluch hallt durch die Kapelle. „Faulpelz, was machst du hier und schwätzt wieder dummes Zeug. Lässt deinen armen Vater allein schuften! Ich werd's dir zeigen!"

Ein glatzköpfiger Bauer in einer nach Kuh stinkenden Strickweste mit einer wabbligen Nase, so lang, dass er in sie hinein beißen könnte, humpelt mit einem Knüppel in die Kapelle. Er schlägt seinem Sohn auf den Rücken. „Wirst du wohl dem Vieh das Futter geben, du Taugenichts!"

Schimpfend treibt er Erich zum Hof.

Peter und Henriette starren ihm traurig hinterher. Das soll wirklich das Paradies sein? Rosel hat doch gesagt, im Paradies lebten alle friedlich und glücklich!

Nach einem langen Skitag stellen die beiden ihre Skier wieder in Rosels Skikeller ab, dann steigen sie die Stufen zur Terrasse hoch. Aus dem Gästezimmer tönt Musik. Peter und Henriette öffnen die Tür zur Gaststube und sehen Konrad, den sie auf dem Berg getroffen hatten. Er spielt Gitarre. Andere Dorfbewohner singen, manche schunkeln im Takt. Ein alter Mann mit Zwirbelschnurrbart klatscht abwechselnd in seine Hände und auf seine Lederhosen. Großvater sitzt am Fenster. Nachdenklich schaut er zum unnützen Berg hinüber. Er singt nicht, klatscht auch nicht in die Hände. Niemand sitzt bei ihm.

Henriette erzählt ihrem Opa begeistert von dem Skitag. Doch dann wird sie traurig und sagt: „Wir haben ihn heute getroffen. Er ist gar nicht böse, wie die Leute sagen. Er wird geschlagen. Von seinem eigenen Vater!"

Der Großvater, noch ganz in Gedanken, fragt: „Von wem sprichst du?"

„Von Erich."

Auf einmal ist es still im Raum. Alle starren auf Henriette und Peter: „Ihr habt ihn angetroffen?", fragt Rosel entsetzt. „Was hat er euch erzählt?"

„Ihr könnt noch so gemein zu ihm sein, er wird euch immer verzeihen!"

„Das hat er gesagt?"

151

Konrad lacht nur. „Solange unsere zwei Sonnen am Himmel scheinen, kann der erzählen, was er will." Er legt die Gitarre beiseite und geht auf die Terrasse, um zu überprüfen, ob sie noch scheinen. In dem Augenblick, da er die Tür öffnet, wird es auf einmal dunkel am Himmel. Beide Sonnen verfinstern sich. Konrad rückt sich seine rosarote Sonnenbrille zurecht, aber sie bleiben verschwunden. „Seht euch das an!", ruft er. „Das ist der Untergang des Paradieses. Unsere Sonnen haben sich verfinstert. Der Himmel ist schwarz. Das ist ein böses Zeichen."

Alle stürzen nach draußen. Keiner weiß, ob diese Sonnenfinsternis Gutes oder Unheil bringen wird. Einige wollen Goldklumpen vom Himmel hageln sehen, andere erkennen schwarze Raben, die über dem Hundskopf kreisen, um über die Dorfbewohner zu lachen.

Peter stößt Henriette an und zeigt in Richtung Kapelle. Erich stapft durch den Schnee. Als die anderen ihn bemerken, verspotten sie ihn.

Henriette findet es echt gemein von den anderen, wie sie ihn behandeln. „Lasst ihn in Frieden!" Das müsste sie jetzt rufen, aber Erich braucht keinen, der ihn verteidigt. Er lächelt nur: „Tut, was ihr für richtig haltet, wenn ihr euch dann wohler fühlt. Ich bin nur gekommen, um euch etwas zu geben."

Einzelne lachen verächtlich. „Was willst du Depp uns schon geben? Deine Dummheit?"
Erich reicht Konrad einen Gegenstand mit zwei schwarzen Röhren. So etwas hat er noch nie gesehen. „Was ist das?", fragt er.
„Schau durch", lacht Erich. „Das habe ich konstruiert." „Du? Du hast das gebaut?", fragt Konrad erstaunt. „Ich denke, du treibst nur das Vieh durch das Dorf."

Skeptisch setzt er seine rosarote Brille ab und guckt durch die zwei schwarzen Röhren. „Herrgott, das ist ja grandios, das Ding!", ruft er überrascht. „Du bist tatsächlich ein Erfinder! Ich sehe alles plötzlich ganz nah." Doch auf einmal gerät Konrad völlig außer sich. „Ich finde es gar nicht schön, dass du solch ein Gerät konstruiert hast, denn was ich da sehe, ist abscheulich. Ich will das nicht sehen! Da setze ich lieber meine Sonnenbrille wieder auf."
„Gib her, lass mich mal durchsehen", sagt Rosel energisch und hält sich das Fernrohr vor die Augen. „Das ist ja furchtbar!", schreit auch sie. „Lauter Fallschirme!!! Und Skier. Sie fallen vom Himmel. Erich, du bist vom Teufel besessen! Ich wünschte, du hättest uns das Ding nie gegeben!"
„Vielleicht sind es fremde Sternenbewohner."

Alle lachen Erich aus.

„Und wenn es Kraken sind?"

Wieder wird er verlacht. „Kraken leben nicht in den Bergen, du Spinner!", höhnen einige.

Erich geht wieder, aber auf der Höhe der Kapelle dreht er sich noch einmal um: „Ihr werdet noch an mich denken."

Für wenige Momente kehrt Stille ein. Der Großvater sieht besorgt aus.

„Was hast du?", fragt Henriette. „Freust du dich nicht auf Besucher aus dem Weltall?"

Der Großvater seufzt: „Ich glaube, eher nicht. Das Paradies habe ich mir anders vorgestellt. Ich weiß, was Kraken sind. Es sind Meerestiere, die ihre Fangarme um alles schlingen, was sie fassen können. Wenn die Wesen von dem fremden Stern nun wirklich Kraken sind und ihre Fangarme um das Dorf legen?"

„Opa, mach dir keine Sorgen. Wir kriegen das schon hin."

Rosas Kopf als Eisbombe

Jetzt können es alle mit bloßem Auge sehen: Fremde Sternenbewohner segeln vom Himmel. Die Dorfattraktion! So etwas hat es noch nie gegeben.

An schwarzen und roten und gelben Fallschirmen
hängen die Besucher aus dem All und trudeln mit
Skiern an den Füßen durch die Luft.

 Die ersten landen bereits
auf den Bergen. Die Para-
diesbewohner sehen Stoff-
hülsen, unter denen die
Fallschirmjäger mit Füßen
und Händen strampeln, um
sich zu befreien. Als ihnen
das endlich gelungen ist,
knüllen sie die Fallschirme in ihre Rucksäcke.
Nun versuchen sie, ins Tal abzufahren. Das sieht
lustig aus. Ein kleines Stück rutschen sie durch
den tiefen Schnee, dann verlieren sie das Gleich-
gewicht und fallen auf den Po. Mit Mühe rappeln
sie sich hoch und rutschen wieder einige Meter
den Berg hinab. Sie hinterlassen eine lange Spur
von Schneekuhlen.

Peter findet das irrsinnig spannend. „Endlich
kommt Leben in die Bude! Was die hier Paradies
nennen, ist doch langweiliger als ein Rummel
morgens um halb neun."
Die Dorfbewohner sind neugierig, was sie erwartet. Sind die Besucher aus dem All friedlich? Bringen sie Unheil? Wird es Krieg geben? Das wäre
schlimm. Sie könnten sich nicht verteidigen. In

Lächelleiten gibt es nur Spaten und Heugabeln. Die Paradiesbewohner ziehen es vor, ihre rosaroten Brillen zurechtzurücken, bewundern ihre Palmen, dann verziehen sie sich ins Gasthaus und warten ab. Dort sitzt auch der Großvater mit den Kindern. Er stützt den Kopf in die Hände und seufzt.

Henriette will ihn trösten, aber sie findet keine Worte. Peter hat die Lösung parat: „Herr Himmelheber, es kommen bestimmt gute Menschen, die auf der Erde gerade gestorben sind, und Archibald Rektus hat sie alle ins Paradies geschickt."

Dem Jungen zu Liebe nickt der Alte: „Ja, so wird es sein."

Konrad musiziert wieder, er singt das Lied vom armen Dorfschulmeisterlein. Da klopft jemand heftig gegen die Tür. Rosel öffnet. Ein Mann mit Skiern an den Füßen betritt die Gaststube.

Mit dem Wischlappen in der Hand bremst Rosel den Fremden: „Halt! Stopp! Schnallen Sie sofort die Bretter ab und reinigen Sie Ihre Füße vom Schnee. Ich bin nicht Ihre Putzfrau."

„Wieso abschnallen? Bretter sind doch an den Füßen angewachsen. So hatte ich jedenfalls das Mädchen damals in der Kinderkolonie verstanden."

Henriette kennt den Mann. Sehr gut sogar. Sie erkennt ihn am Zucken seines rechten Auges. Da stellt er sich auch schon vor: „Sie werden mich sicherlich kennen, ich bin über die Grenzen von Lächerdingen weit bekannt. Mein Name ist Herr von und zu Holzsam, der Erfinder des berühmten Brettes vor dem Kopf. Nachdem sich diese Erfindung als hinfällig erwiesen hat, habe ich meinem Volk Holzsamentropfen an die Füße geträufelt. Das famose Ergebnis sehen Sie hier: Wir sind endlich auch zum Skifahrervolk geworden! Das Mädchen berichtete von Ihrem traumhaften Planeten. Nun sind wir endlich gekommen, ich möchte aber betonen, wenn wir die Ehre haben, Ihr zauberhaftes Dorf und die prachtvolle Bergwelt genießen zu können, werden wir selbstredend auch dafür zahlen."

Henriette will sich am liebsten unter dem Tisch verkriechen. Zum Glück hat der Mann schon vergessen, wie sie aussieht. Er schrammt mit seinen Skiern über den Dielenboden und setzt sich an einen Tisch. Dabei verrenkt er seine Füße, um seinem Gegenüber mit den Brettern nicht ins Gehege zu kommen, dann wendet er sich an Rosel: „Haben Sie Bier?"

„Ja, selbstverständlich. Wollen Sie ein Glas?"

Der Fremde zwinkert mit dem Auge. „Ja, bitte. Wie viel macht das?"

„Das ist umsonst."

Herr von und zu Holzsam lacht. „Aber nicht doch! Wir sind zahlende Gäste." Er kramt aus seiner

Weste ein Bündel Geldnoten hervor: „Ich zahle Ihnen drei Einer für ein Bier", sagt er.

Rosel bekommt große Augen. „Was ist das, ein Einer?"

Der Mann schmunzelt: „Wir hatten einmal zwei Städte auf unserem Planeten. Einsiedel und Einsam. Sie sind wieder zu einer Stadt zusammengewachsen, sie ist jetzt Eins, unser Geld ist der Einer, und ich zahle Ihnen drei Einer für ein Bier. Nehmen Sie's an!"

Rosels Augen leuchten. Sie zapft dem Fremden ein Glas Bier, dafür kassiert sie drei Einer. Die Tür öffnet sich, weitere Leute mit Skiern unter den Füßen betreten die Gaststube. Rosel stellt sich wie ein Rammbock vor die Tür. „Ich will nicht, dass ihr das Haus mit Skiern betretet", protestiert sie. „Ich möchte euch nicht hinterher wischen."

Herr von und zu Holzsam fächert Rosel mit einem Bündel Geldscheinen Luft zu und lächelt freundlich: „Wir zahlen Ihnen fürs Putzen hundert Einer im Monat. Ist das ein Angebot?"

Rosel wird rot vor Verlegenheit, aber sie lässt sich trotzdem im Voraus zahlen.

Die Neuankömmlinge wollen auch Bier trinken. „Drei Einer das Glas", sagt Rosel, und als auch Konrad sagt: „Ein Bier", fragt sie: „Hast du denn drei Einer?"

„Nein, die habe ich nicht."

„Ohne Geld kein Bier."

Konrad versteht die Welt nicht mehr. Gestern hat Rosel ihm noch Bier ausgeschenkt. Er grübelt, wie er wieder zu seinem Bier kommen kann. Ohne Geld kein Bier, hat sie gesagt. Da muss eine Lösung gefunden werden. Plötzlich fasst er sich an den Kopf, er hat einen Einfall: „Ihr könnt alle nicht Skilaufen, stimmt's?", fragt er die Fremden. „Woher auch?" bekommt er als Antwort. „Da, wo wir herkommen, gibt es keine Berge."

Konrad schlägt vor, ihnen Pistenwedeln beizubringen. „Macht mir einen Preis", schlägt er vor, sie einigen sich auf fünfzig Einer pro Nase. Morgen früh wird der Skikurs beginnen, gleich, nachdem die ersten Sonnenstrahlen hinter dem unnützen Berg hervorscheinen würden.

Rosel lässt Konrad anschreiben. Morgen bekäme sie drei Einer. Herr von und zu Holzsam hat indessen ganz andere Probleme: „Wie sollen wir die Berge wieder hinaufkommen, die wir hinuntergefahren sind? Sie können doch nicht von uns verlangen, dass wir da wieder hochkraxeln sollen! Da muss es doch etwas geben, irgendeine Erfindung muss her. In Einsam, auf unserem Planeten, gab es einmal einen Tüftler, der hat wundersame Dinge erfunden. Leider ist er verschollen. Sonst hätten wir ihn mitbringen können. Er hätte uns Sessel gebaut, die an langen Seilen hängen und uns hoch auf die Berggipfel tragen würden."

Kaum hat der Chef der Kinderkolonie diese Sätze ausgesprochen, stößt Opa Himmelheber seine Enkelin unter dem Tisch an und flüstert: „Los, mir nach!"

Beide schleichen durch den Gastraum, Peter bleibt mit Rosa in der Gaststube. Unbemerkt von Herrn von und zu Holzsam betreten Henriette und ihr Großvater die Küche. Auf dem Herd kocht eine Suppe. Der Großvater öffnet die Ofenklappe und schimpft leise vor sich hin: „Das mache ich nicht noch einmal! Was ich in Einsam angerichtet habe, soll mir eine Lehre sein. All dieser Computerfirlefanz und dieser Wirrwarr an Autoverkehr! Und jetzt Skilifte in Lächelleiten konstruieren? Und dann noch zum Hundskopf hinauf! Noch einmal arbeite ich nicht für die."

Der Großvater kramt ein Stück Papier aus seiner Tasche. „Schau her." Hinter vorgehaltener Hand flüstert er: „Da steht sie, die Formel für Skilifte.

(Pfeiler mal (3ab-y) plus (Seil))

Er nimmt den Zettel, knüllt ihn zusammen und wirft ihn in den Ofen. „Sollen andere die Formel errechnen."

Sie gehen wieder zurück in die Gaststube. Rosa bellt, als er Henriette mit ihrem Opa sieht. Bei dem Gebell werden die fremden Sternenbewohner auf das Hündchen aufmerksam. „Mein Gott, ist der süß! Wie heißt er denn?"

Rosel lacht: „Der Hund ist auf dem Hundskopf gelandet. Er heißt Rosa, und sein Kopf ist genauso weiß wie der Hundskopf-Gipfel. Ich hab da eine Idee. Lasst euch überraschen."

Bis die Überraschung kommt, lassen sich die Fremden ihre Zimmer zeigen. Seitlich, im Treppenschritt, wie am Skihang, tapsen sie mit ihren angewachsenen Skiern die Stufen hoch. Über der Gaststube knarrt und scharrt es. Die Brettermenschen rutschen durch den ersten Stock und bestaunen gleich ihre Zimmer.

Statt ein „Oh, wie wunderbar!", hören die Kinder ein fürchterliches Geschimpfe: „Eine Unverschämtheit! Nicht einmal fließendes Wasser! In Krügen und Schüsseln sollen wir uns waschen. Und das Plumpsklo auf dem Hof! Wir wollen eine Toilette im Zimmer, dafür zahlen wir."

Dumpf hören Peter und Henriette die Stimme von Rosel. Sie entschuldigt sich für den schlechten Zustand des Paradieses. „Sie müssen Geduld haben", vertröstet sie ihre Gäste. „Es wird alles bald modernisiert sein." Sie verspricht den Neuankömmlingen als Trost einen kleinen Leckerbissen.

Es dauert keine halbe Stunde, da ratschen die fremden Sternenbewohner wieder die Treppe herunter und schrammen über die Holzdielen der Gaststube. Als Entschädigung für die unkomfortablen Zimmer bringt Rosel jedem Gast eine Vanilleeisbombe. Sie heißt: Rosas Hundskopf. Jeder findet Rosa mit ihrem weißen Kopf süß, jeder hat sie zum Streicheln gern, da ist es doch für Rosel klar, dass auch alle bereit sein werden, sieben Einer für Rosas Hundskopf zu zahlen.

Die zersprungene Feder

Die Einheimischen nehmen sich vor, fleißig zu sein. In der einen Ecke von Rosels Gaststube beraten sie sich, in einer anderen verderben sich die Touristen von Lächterdingen die Mägen mit Rosas Hundskopf, dem Renner der Saison.

Es ist beschlossene Sache: Gräben für Wasserleitungen sollen schnell und zügig gezogen werden, Zement muss herangeschafft, und für den Bau von Hotelkomplexen muss Beton gemischt werden. Auch will man Sessel konstruieren, die an einem Seil hängen, das über Masten gleitet. Die Formeln kennen sie zwar nicht, aber sie sind bereit zu rechnen und zu kalkulieren, bis sich ihre Gehirnwindungen verknoten. Lächelleiten soll ein noch besseres Paradies, ein noch schöneres werden.

In den Mittagspausen und nach Feierabend treffen sich die Dorfbewohner in Rosels Gaststube und trinken Bier, das inzwischen vier Einer fünfzig kostet. Nicht nur die Preise haben sich verändert. Rosel hat die alten, selbstgezimmerten Holzbänke aus der Gaststube entfernen lassen und durch schicke Polstergarnituren ersetzt. Darin sitzt man bequem, kann sich in die Sitzkissen plumpsen lassen. Nur einen Haken hat die Sache: Es ist nicht so einfach, aus den Sofas wieder herauszukommen. Wenn Konrad, der sich inzwischen seine Einer tatsächlich als Skilehrer verdient, aufstehen und nach Hause gehen will, kostet ihn das so viel Kraftanstrengung, dass er lieber noch ein halbes Stündchen länger bleibt und ein Bierchen mehr trinkt, was Rosel freut.

Trotz der eleganten Polster wird die Stimmung in Rosels Wirtshaus nicht besser. Der gemütliche Kachelofen ist herausgerissen worden und hat einer Zentralheizung Platz gemacht. Auch Jesus hängt nicht mehr in der Ecke, und Konrad spielt längst nicht mehr Gitarre.

Kaum einer spricht noch mit dem anderen, niemand interessiert sich dafür, dass heute die weißhaarige Anna mit den tausend Falten im Gesicht die 100-jährige Wiederkehr ihrer Ankunft im Paradies feiert. Nicht einer macht sich die Mühe, den kurzen Weg hinunter in ihr Bauernhaus zu gehen und ihr zu gratulieren. Stattdessen beschäftigen sich die Paradiesbewohner mit ihren Handys. Die Gäste hatten sie als Mitbringsel in ihrem Reisegepäck verstaut. Man sendet nun SMS-Grüße an das Jubiläumskind. Keine Postkarten, keine Blumensträuße. Keine Zeit.

Alle sitzen schweigend, starren aufs Handy und tippen auf die Tasten. Nur vereinzelt hört man: „Rosel, noch ein Bier!", und, „Darf ich zahlen?". Danach ein daher genuscheltes „Der Rest stimmt so" und dann ein kurzes „Danke."

Plötzlich die Melodie eines Handys. Konrad spricht extra laut. „Koonrad", zieht er wichtigtuerisch das O von Konrad in die Länge. „Sie wollen einen Skikurs für eine Woche bei mir buchen? Wie bitte? Sie sind zehn Leute. Das macht ... warten Sie ... 670 Einer. Ja, die Preise sind gestiegen."

Alle schielen neidisch auf Konrad, jeder tippt nervös Nummern, denn jeder will Geschäfte machen. Henriette beobachtet sie alle. Wenn sie immer so weiter mit dem Daumen tippen und die anderen Finger kaum mehr bewegen, malt sie sich aus, werden sie in hundert Jahren zu Däumlingen.

Mit ihrem Großvater und Peter sitzt sie über einem Becher dampfender Schokolade und kichert über die Vorstellung von Däumlingen mit fehlenden Fingern in sich hinein. Die Stille in der Stube ist so andächtig. Kirchenglocken schleichen sich in Henriettes Fantasie. Sie sieht die kleine Kapelle vor sich, wo sie mit Peter zum ersten Mal Erich getroffen hat. Ganz still war es dort, niemand sagte etwas, und wenn, dann wurde geflüstert. In der Kapelle war die Stimme Gottes anwesend – ob auch hier, in Rosels Gasthaus, der Liebe Gott spricht?

Die Dorfbewohner tragen längst nicht mehr ihre rosaroten Spiegelsonnenbrillen. Sie wollen inmitten dieser Baustellen keine Palmen sehen. Geld haben sie nun, damit können sie auf ferne Planeten fliegen, wo echte Palmen wachsen. Doch solange sie nicht dort sind, können sie sich mit ihrem Geld in ihrem neuen Paradies nichts kaufen.

Sollen sie sich etwa Gespräche kaufen, weil niemand mehr mit ihnen redet? Sollen sie ihrem Nachbarn ihre Sorgen erzählen und ihm Geld dafür geben, damit er ihnen zuhört? Oder sollen sie mit einem Fremden reden, der sein Geld damit verdient, dass er einem zuhört?

Miteinander reden und singen, lustig sein - ganz ohne Geld. Das war einmal. Diese Zeiten sind vorbei, eine andere Zeit ist angebrochen.

Henriette will an die frische Luft, nach Erich schauen. Auch Peter und ihr Großvater haben genug vom Herumsitzen. Sie quetschen sich zwischen Sitzpolstern und Tischchen aus ihrer Sitzecke heraus, dabei verschieben sie die Tischdecke. Zum Glück hat es Rosel nicht bemerkt, sonst hätte sie wieder geschimpft.

Draußen stöhnt der Großvater: „Oh weh! Oh weh!!! Das schöne Lächelleiten!" Allein Henriette hat ein schlechtes Gewissen. „Ich dumme Liese! Warum musste ich den Brettermenschen auch vom Paradies erzählen?"

Flügelflattern von Hühnern hört sie nicht mehr, auch kein Geblöke von Kühen, kein Wiehern von Pferden. Entlang der Dorfwege sind Gräben gezogen. Wo früher Gänseblümchen auf Wiesen blühten und im Winter eine in der Sonne glitzernde Schneedecke lag, werden jetzt Baugruben mit Baggern ausgehoben. Hotels und Wellnessbäder

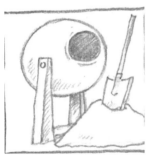

sollen hier gebaut werden. Überall flattern rotweiße Absperrbänder vor den Gräben im Wind. Betonmischmaschinen drehen sich, gefüllt mit Zement. Jetzt hat jeder Arbeit. Keiner döst mehr im Heu und raucht Pfeife. Schrille Geräusche von Sägen, Pfeifen von sausenden Bohrern und dumpfes Schlagen und Hämmern dringen in die Ohren.

Erich können sie nirgends entdecken. Sie schlendern mit dem Großvater den ehemaligen Dorfweg entlang. Früher mussten sie aufpassen, dass sie keine Kuhfladen oder Pferdeäpfel zermatschten, um den Dreck nicht in Rosels Haus zu tragen, jetzt gilt es, Öllachen zu umgehen und keine Mörtelreste zu zertreten.

In der Kapelle treffen sie Erich nicht an. Zwei alte Frauen trippeln zum Morgengebet. Der Großvater fragt: „Wissen Sie, wo Erich ist?"

Eine der beiden Alten fährt ihn lautstark an: „Sind Sie nicht der neue Paradiesbewohner, der sich geweigert hat, unsere rosarote Brille aufzusetzen? Es ist Ihre Schuld, dass die Finsternis über unser Dorf gekommen ist. Wer sind Sie überhaupt? Sie haben es nicht verdient, mit uns das Paradies zu teilen! Gehen Sie dorthin, wo Sie hergekommen sind, lassen Sie uns endlich in Ruhe!"

„Paradies?", lächelt der Großvater. „Ich glaube, es wird langsam zur Hölle."

„Wenn das die Hölle ist, Herr Himmelheber, wäre das nicht die übelste Hölle!", sagt Peter. Er ist ganz fasziniert von der Technik. So viele Bagger, Kräne und Werkzeuge auf einmal hat er noch nie gesehen. „Die Hölle ist wenigstens lebendig und spannend", findet er, „das Paradies ist langweilig dagegen."

Sie kommen an die Stelle, wo einmal der Kaufmannsladen stand. Seit einigen Tagen gibt es den Tante-Emma-Laden nicht mehr. Bei der alten Frau gab es alles einzukaufen: Von Nägeln über Waschpulver bis hin zu Paketschnüren. Jetzt klafft dort eine Baugrube in der Erde wie eine tiefe Wunde. Ein großes Einkaufszentrum soll her, die Lächel-Arkaden.

Hinter der Baugrube, an einem Skihang, sieht Henriette eine Gruppe Skiläufer. Konrad fährt einen weiten Parallelschwung vor, zehn Schüler folgen ihm. Sie freuen sich, dass sie im Skilaufen Fortschritte machen; noch mehr freuen sie sich, dass sie nicht mehr den Berg hinaufsteigen müssen, denn Konrad setzte sich Nacht für Nacht bei einer Flasche Bier in seine Villa, die er sich von seinem verdienten Geld als Skilehrer gebaut hat, und überlegte, wie er zu noch mehr Geld kommen könnte. Er dachte nach, kombinierte und erfand zwar nicht, wie Henriettes Opa es getan hatte, einen Skilift, aber ein Kettenfahrzeug, das wie eine Raupe im Schnee die Pisten bergauf fahren kann. Auf die Ladefläche passen fünfzig Skiläufer. Dreizehn Raupen hat Konrad bauen lassen. Er ist jetzt der reichste Mann in Lächelleiten.

Der Großvater rauft sich die Haare. Er bedauert schon lange, hierher gefahren zu sein.

„Ich hab's!", ruft Henriette. „Wir fliegen dich auf einen anderen Stern. Wir werden das echte Paradies für dich finden. Bitte, Peter, lass uns das machen. Wir düsen gleich heute los."

Peter zeigt ihr einen Vogel: „Bald geht die Schule los. Hast du das vergessen? Meine Eltern würden im Dreieck springen, wenn ich nicht rechtzeitig zurück bin. Sie denken, ich bin noch bei dir in der Hütte am See."

Henriette besteht darauf: „Wenn ich das Paradies kaputt gemacht habe, muss ich meinem Opa schließlich ein neues schenken."

Der Großvater beruhigt sie: „Nein, du hast dir nichts vorzuwerfen. Es ist nicht deine Schuld! Das hätte jedem passieren können."

Plötzlich zeigt Peter überrascht auf einen Sandberg. Oberhalb der Baugrube sitzt Erich und bläst auf einem Kamm. Von seinem kahlen Kopf stehen die Segelohren ab. Rosa hüpft Erich entgegen, springt bellend an ihm hoch. „Hey, was machst du hier?", ruft Henriette von weitem.

„Ich schaue zu, wie sie ihr Dorf schöner machen. Von Tag zu Tag wird es prachtvoller."

„Red' nicht solchen Unsinn", mahnt der Großvater.

„Sie zerstören unser Paradies, und du machst Witze."

„Warum hütest du nicht das Vieh?", fragt Peter.

Erich bedauert: „Mein Vater hat das Vieh an den Schlächter verkauft, von dort geht es zum Fleischer, und bei dem ist Rosel neuerdings die beste Kundin, denn die Leute aus Lächerdingen essen gern Schnitzel und Schlachtplatten. Kurzum", lacht er fröhlich, „ich habe keine Arbeit mehr, bin nun frei, kann den ganzen Tag spazieren gehen und auf dem Kamm blasen und mir meine Gedanken machen."

„Du schläfst aber noch im Stall, oder?"

„Nein, auch das ist nicht mehr möglich", lacht Erich. „Mein Vater hat seinen Stall zur Ferienwohnung ausgebaut und an die neuen Gäste vermietet. So bin ich in meinem Luxus aufgestiegen und schlafe jetzt auf dem Misthaufen. Da bin ich wenigstens an der frischen Luft und kann nachts die Sterne sehen."

„Aber das kann doch nicht das Paradies für dich sein!"

Erich berichtet: „Gestern kam Konrad, der reichste Mann im Dorf, vorbei und fragte mich großzügig: Erich, du hast einen Wunsch frei. Nenne ihn, ich werde ihn dir erfüllen!"

„Und was hast du dir gewünscht?"

„Ich wünschte mir, dass er mir aus der Sonne gehe. Also glaubt mir, ich bin mit dem, was ich habe, zufrieden. Ich habe meine Freiheit, meine Gedanken, und die kann niemand lesen."

Eine bekannte Stimme ertönt hinter Henriette. „Was für ein Zufall", sagt Herr von und zu Holzsam. „Da ist ja der Erich! Ich habe schon viel von dir gehört. Es ist ja so grässlich, dass dich dein Vater auf dem Mist schlafen lässt und dass dir keiner im Dorf beisteht." Herr von und zu Holzsam zuckt wieder mit dem rechten Auge. „Pass auf, Erich", sagt er dann. „Ich will dir helfen. Ich habe gleich neben der Kapelle ein schönes Heim mit Garten für dich bauen lassen. Dort wirst du wohnen, dort wirst du dich wohlfühlen."

Erich guckt ängstlich: „Was ist das für ein Heim?"

„Es ist ein schönes Heim und heißt, das Haus *Zur Seelenwiese*, denn das musst du doch einsehen, du hast keine Bleibe. Da ist die Seelenwiese wirklich das Beste für dich. Du musst nur jeden Tag ein paar Tropfen schlucken, dann wirst du der glücklichste Mensch der Welt sein."

Bei dem Wort *Seelenwiese* fährt Henriette zusammen und flüstert Erich etwas in die Ohren.

„Das glaub ich nicht", sagt er leise zu Henriette und kratzt sich wieder am Kopf: „Meinst du wirklich?"

„Gut", sagt Erich und schlägt seine Hand in die Hand des Mannes aus Lächerdingen ein. Herr von und zu Holzsam drängelt: „Du gehst freiwillig? Das ist fein! Lass uns aufbrechen."

Erich lächelt freundlich. „Gut, gehen wir." Henriette hält ihn am Ärmel fest und fleht: „Geh nicht! Du wirst es bereuen."

Erich hört nicht auf Henriette.

Die vier laufen durch den Schnee, Herr von und zu Holzsam rutscht auf seinen Brettern den Hang zur Kapelle hinab.

„Du willst wirklich in die Seelenwiese?", versucht es Henriette von Neuem, doch Erich flüstert, so dass es der Mann aus Lächerdingen nicht hören kann: „Psst! Ich habe wieder eine Erfindung ausgetüftelt." Laut sagt er: „Bitte lassen Sie mich mit meinen Freunden in der Kapelle eine Kerze für das Paradies anzünden, bevor ich in das Heim gehe."

Herr von und zu Holzsam willigt lächelnd ein, nur der Großvater findet, dass es Quatsch ist, eine Kerze anzünden und einfach mal zum Lieben Gott zu beten, dass alles wieder gut werde. Er glaubt nicht so recht an Gott, der alles zum Guten wendet. Aber er geht mit in die Kapelle.

Von und zu Holzsam wartet vor dem Gotteshaus, er hat es auch nicht so mit Gott. Nachdem Erich ein Streichholz an einen Kerzendocht gehalten hat, holt er unter seiner Strickjacke etwas rundes Tickendes hervor. Peter lästert: „Was soll denn das? Ein Wecker?"

„Guck ihn dir erst an, meckern kannst du später", sagt Erich. „Es ist eine Zeitbombe." Peter und Henriette und ihr Großvater staunen. Zeitbombe, das hört sich unheimlich an. Der Zeiger steht auf fünf vor zwölf. Der Wecker tickt sein gleichmäßiges Tick tack, unheimlich, fast bedrohlich, wie damals in dem Zimmer in der Seelenwiese. Tick tack, tick tack.

Von draußen bummert Herr von und zu Holzsam an die Kirchentür: „Seid ihr endlich soweit?"

Erich lässt sich nicht aus der Ruhe bringen. „Jetzt ist es noch fünf vor zwölf", sagt er, „aber wenn der Zeiger weiter wandert, wird es bald zwei Minuten, eine Minute, schließlich dreißig Sekunden, zehn Sekunden und dann eine Sekunde vor zwölf sein. Die Zeitbombe wird explodieren, dann ist alles vorbei. Nie wieder wird es ein Paradies geben ..."

„Und dann?", fragt Henriette.

„Nichts und dann. Das war's dann." Erich redet nicht weiter, er nimmt den Wecker und macht etwas Verrücktes. Er dreht am Rädchen, mit dem

173

man den Wecker aufzieht, er dreht es rückwärts. Und mit ihm drehen sich auch die Zeiger rückwärts. Der Wecker tickt gegen die Zeit.

„Und?", stänkert Peter wieder einmal, der an keinen Hokuspokus glauben will. „Was soll das Ganze?"

„Gleich wirst du's wissen", sagt Erich und dreht weiter. „Schau aus dem Fenster!"

Peter schaut aus dem Fenster. Überrascht reibt er sich die Augen. Was er da sieht, grenzt an Hexerei! Der Sand fliegt wieder zurück in die Baugruben, Bagger und Raupen verschwinden, Kräne werden zusammengepackt, der Kaufmannsladen baut sich von allein wieder auf, die Menschen auf den Straßen laufen rückwärts. Herr von und zu Holzsam schliddert dorthin, woher er gekommen ist und fliegt mit den anderen Kraken auf ihren Planeten zurück.

„Das ist ja geil!", klatscht Henriette in die Hände." Sie hat eine super Idee: „Drehe bitte das Rädchen noch weiter zurück."

„Das geht nicht! So weit habe ich nicht in meinem Kopf gesponnen, so weit geht meine Fantasie nicht."

„Bitte, bitte!", bettelt Henriette. „Drehe so lange, bis mein Großvater wieder auf der Erde ist."

Immer wieder bittet und bettelt sie, sie wiederholt nur diesen einen Satz: „Bitte drehe weiter, immer weiter zurück!"

Erich aber weigert sich, weiterzudrehen. Da reißt Henriette ihm den Wecker aus der Hand und dreht und dreht am Zeiger. Immer weiter rückwärts. Sie kann es kaum abwarten. Gleich wäre ihr Großvater wieder auf der Erde. Sie dreht mit aller Kraft. Das Rädchen quietscht schon vor Anstrengung, aber – oh Gott! Plötzlich macht es Tzung – die Feder ist gesprungen. Sie spult jetzt anders herum, und die Zeiger drehen sich wieder in rasender Geschwindigkeit vorwärts. Entsetzt schaut Henriette aus dem Fenster, sie befürchtet Schlimmes. Die Baugruben und Bagger und Planierraupen werden bestimmt wieder hässlich herumstehen, hochgezogene Hotelmauern wie Ruinen herumstehen, doch zu ihrer Verwunderung sieht das Dorf so herrlich aus, wie es war, als sie hier ankamen.

„Noch mal Glück gehabt! All der Schrott ist weg!" Henriette atmet auf, doch so ein Mist!, da hinten stehen zwei Brettermenschen auf dem Dorfweg. „Das darf doch nicht wahr sein! Die sind wir nicht losgeworden!", schnauft Henriette verzweifelt. „Jetzt wird alles von vorne losgehen, sie werden wieder mit ihrem Geld das Dorf aufkaufen, und diesmal wird es niemand retten können, weil die Feder des Zauberweckers zersprungen ist."

Zum ersten Mal schimpft der Großvater mit Henriette: „Schön, was du uns da eingebrockt hast!" Betreten guckt sie auf den Boden, bloß Peter ruft ganz laut, so laut, wie man es in einer Kirche nicht tun darf: „Spitze, der Schnee ist weg! Es ist Sommer!"

Und da sehen sie die Bescherung. Alle Skiläufer aus Lächerdingen stehen auf den grünen Hängen und warten sehnsüchtig, dass es wieder schneit. Sie haben noch nicht begriffen, was geschehen ist. Der Schnee ist so schnell geschmolzen, dass sie es nicht geschafft haben, rechtzeitig ins Tal abzufahren. Mit ihren angewachsenen Skiern treten sie auf dem Gras herum, nichts rutscht mehr. Unmöglich, die Ski abzuschnallen – sie sind angewachsen.

Der Großvater freut sich: „Die können nichts mehr anrichten. Sie sind unschädlich gemacht worden", nur Peter bedauert, dass all die tollen Baufahrzeuge nicht mehr da sind.

Henriette aber hört gar nicht zu. Sie springt auf und rennt davon.

Eine kluge Idee?

Henriette klettert die Hän-
ge zum Hundskopf hinauf.
Rosa springt ihr bellend
hinterher. Immer wieder
begegnen sie Skiläufern die
auf dem Gras nicht mehr
rutschen können. Wenn
ihnen niemand hilft, wer-

den die Bretter Wurzeln schlagen. Auf dem Hang
über Rosels Gasthof erkennt Henriette Herrn von
und zu Holzsam. Er zuckt ihr mit seinem Auge zu
und fleht: „Mädchen, befreie mich! Ich war so
freundlich zu dir, habe dir und deinem Freund eine Eisbombe spendiert. Bitte hilf mir, hilf uns allen! Wir wollen keine Tannenbäume werden, die
man im Winter abholzt, um Kindern zu Weihnach-
ten eine Freude zu bereiten. Bitte, hilf uns!"
Henriette denkt daran, wie fies der Chef der Kinderkolonie damals in der Seelenwiese war und was
er und seine Leute dem Dorf zugefügt haben. Als
noch Schnee lag, taten sie großspurig, haben mit
ihrem Geld das ganze Dorf umgekrempelt; Rosel
durfte für sie putzen, Konrad musste ihnen Skilaufen beibringen. Jetzt aber, da kein Schnee
mehr liegt, sind sie klein mit Mütze und jammern
um Hilfe. Henriette könnte dem Mann aus Lä-

177

cherdingen entgegen rufen: „Sehen Sie zu, wie Sie allein klar kommen. Das haben Sie nun davon! Damals, in Einsam, haben sie mich eingesperrt, jetzt lasse ich Sie dafür schmoren."

Aber man kann doch nicht auf ewige Zeiten nachtragend sein. Das Paradies ist schließlich für alle da. Statt sich zu rächen, sagt sie: „Vielleicht kann ich Ihnen helfen." Dann lässt sie den Brettermenschen einfach stehen und beeilt sich, den Gipfel des Hundskopfes hoch zu kraxeln. Oben angelangt, setzt sie sich ins Gras und verschnauft erst einmal. Von hier oben sieht Lächelleiten wie die Landschaft einer Modelleisenbahn aus, fehlt nur noch die Lok, die durch das Tal ruckelt.

Auf der gegenüberliegenden Seite türmt sich der unnütze Berg vor dem Dorf auf. Jetzt, im Sommer, sieht er friedlich aus, nur saftige Wiesen, rauschende Wasserfälle. Erst im Winter wird er wieder ungemütlich, wenn die Lawinen über die Felsen donnern. Werden die Brettermenschen aus Lächerdingen dann auch wieder ungemütlich?

Henriette sieht einen Mann zum Gipfelkreuz hochsteigen. Er winkt ihr freudig zu. Als sie näher kommt, erkennt sie sein Gesicht und weiß sofort, dass sie den Mann schon einmal gesehen hat. Nur wo? Außer Atem stellt er sich vor: „Ich bin Ewald Holzten. Erkennst du mich?"

Henriette springt hoch. „Sie? Der Busfahrer des 11A.? Was machen Sie hier oben, und warum tragen Sie keine Bretter an den Füßen?"

Ewald Holzten seufzt. „Ich wollte den ganzen Unfug nicht mitmachen. Als Herr von und zu Holzsam auch meine Fußsohlen beträufelte, damit Skier an ihnen wachsen, habe ich die Tropfen hinterher abgewaschen ..."

„Wie ich", sagt Henriette.

„Wir sind halt schlaue Kerlchen", meint Herr Holzten. „Aber auf die Reise musste ich trotzdem mitkommen, da konnte ich nicht kneifen. Ich habe mir richtige Skier an die Füße geschnallt, um nicht aufzufallen."

„Und warum sind Sie nicht unten im Dorf?"

„Ich will meinen Kindern später einmal nicht sagen müssen, ich hätte bei diesem ganzen Unsinn mitgemacht. Da zog ich es vor, hier oben auf der Alm als Einsiedler zu leben."

„Herr Holzten, warten Sie noch einen Tag. Dann können Sie ins Tal hinabsteigen. Dann ist der ganze Spuk vorbei. Ich habe einen Plan." Henriette klopft Ewald Holzten auf die Schulter und verschwindet.

Sie könnte sich ohrfeigen. Warum ist sie nicht gleich darauf gekommen? Ohne Kinder wird Lächelleiten nie ein Paradies sein! Sie geht zum Micromégas, das neben dem Gipfelkreuz in der

179

Sonne funkelt, klettert hinein, krabbelt zum schwarzen Telefon und wählt die 774. Die Funkverbindung ist sofort da. Tom ist dran. „Hier die Kinderrepublik La Schildmatt auf Lächelrose."

„Hier ist Henriette. Erinnerst du dich? Wir sind jetzt auf dem Planeten Lächelleiten, aber es gibt Probleme. SOS!!! Bitte kommt schnell, sonst bekomme ich großen Ärger."

„Geht in Ordnung", scheppert es durch die Leitung. „Ich werde den Kindern gleich über Inselfunk Bescheid geben."

Henriette würde Tom am liebsten durch die Leitung um den Hals fallen. Dann fällt ihr noch etwas ein: „Bringt die Inseldoktorin mit!"

Das wäre erledigt! Nun wird sich zeigen, ob das eine kluge Idee war, die Kinder herzuholen. Hoffentlich sorgt das nicht für noch mehr Kuddelmuddel. Die chaotischen Hüpfer von Lächelrose hier in Lächelleiten? Ob das gut geht? Mit einem guten und einem mulmigen Gefühl springt Henriette mit Rosa über das Geröll wieder ins Tal hinab, zur Kapelle.

Der Großvater brummt: „Kind, wo warst du so lange?"

Henriette antwortet nicht. Sie will nur eins wissen: „Wo ist Erich?"

Peter zuckt mit den Schultern.

„Wir müssen ihn suchen!", drängt Henriette.
„Wenn sie ihn jetzt ins Heim gesteckt haben!"
„Die pappen doch alle am Boden fest", beruhigt sie
Peter. „Der wird auf seinem Misthaufen sitzen und
sich Gedanken über die Welt machen."
Sie schlendern die Dorfstraße entlang. Dass das
Dorf vor einer Stunde noch eine Baustelle war,
davon merken sie nichts. Alles sieht aus wie es
einmal war. Nur die Skiläufer aus Lächerdingen
stehen wie Pappeln rechts und links neben der
Dorfstraße.
Aber von Erich keine Spur.
Bei Rosel schlägt Henriette vor, sich sofort auf der
Terrasse zu sonnen. Schließlich soll es eine Überraschung werden. Konrad hängt schon mit nack-
tem Oberkörper im Liegestuhl und genießt das
Sommerwetter. Für ihn ist es die normalste Sache
der Welt, dass alles wie früher ist. Längst hat er
seine Spiegelsonnenbrille wieder aufgesetzt und
sieht alles in rosaroten Farben.
Henriette kann es gar nicht mehr abwarten.
Gleich werden die Freunde kommen. Sie sitzt mit
geschlossenen Augen da und lässt sich wie Konrad
von der Sonne bescheinen. Sie will nicht die erste
sein, die die Kinder entdeckt. Die anderen sollen
sie zuerst sehen. Sie wartet ungeduldig darauf,
dass jemand einen Überraschungsschrei ausruft.
Konrad ist der erste. „Seht, auf den Bergrücken

sind kleine Punkte, die auf und ab hüpfen. Zum Verrücktwerden! Was kann das nur sein?"

Endlich öffnet Henriette die Augen. Das gibt's doch nicht! Die Kinder aus Lächelrose sind da! Zu Hunderten sind sie gekommen.

Erichs Erfindung steht auf einmal wieder hoch im Kurs. Jeder will durch das Fernglas gucken. „Herrje! Eine Heuschreckenplage kommt auf uns zu", jammert Konrad. Henriette kichert leise in sich hinein. Wenn der wüsste!

Immer wieder guckt Konrad durch das Fernrohr. Endlich sagt er erleichtert: „Gott meint es gut mit uns! Es sind keine Heuschrecken, nur harmlose Kinder!"

Alle sind froh.

Henriette zeigt keinem ihre Freude. Aber ihr Herz tanzt. Endlich ein Paradies mit Kindern! Von links schimmert es rot, von rechts blau auf die Terrasse. Die Kinder aus La Schildmatt haben ihre beiden Sonnen mitgebracht! Die Sonnen aus Lächelrose scheinen wieder. Und die sieht man auch ohne rosarote Brille!

Jetzt verlässt Rosel das Haus und sieht die Bescherung: „Das ist der Weltuntergang", jammert sie. „Eine wahre Kinderplage! Sie werden mir den ganzen Dreck ins Haus bringen."

In Henriette jubelt es, als sie ihre Freunde immer näher kommen sieht. Jetzt kommt wenigstens

Stimmung auf. Sie erkennt Tom und Lasse, hinter ihnen macht eine schwarz gekleidete Person unbeholfen Luftsprünge. Richtig! Henriette hätte sie beinahe vergessen: Schwester Ottilie! Sie stellt sich dem Großvater vor: „Ottilie Zwerg, mein Name. Ich bin die Gattin von Tom Zwerg."

„Angenehm", antwortet der Großvater. „Himmelheber. Willkommen im Paradies."

Tom bleibt federnd vor Henriette stehen und fragt total cool: „Wo brennt's?"

Henriette will nur eins wissen: „Habt ihr die Inseldoktorin mitgebracht? Sie wird viel zu tun haben."

Während sie der Ärztin erzählt, was sie zu tun hat, springen die Kinder aus La Schildmatt schreiend und balgend auf der Terrasse herum. Dabei tragen sie jede Menge Kuhdreck die Treppen hoch. Rosel regt sich auf und fegt ihnen den Schmutz hinterher. Doch bald sagt sie sich, wenn sie bis ans Ende ihres Lebens schimpfen und keifen wird, werden ihre Tage im Paradies vergeudet sein, also hört sie auf zu schimpfen und zu keifen und wird freundlich: „Kinder, jetzt gibt es Rosas Hundskopf. Das ist etwas besonders Leckeres."

„Igittigitt! Wir essen kein Fleisch!"

„Lasst euch überraschen." Rosel geht ins Haus und kommt mit einem Tablett voller Vanilleeisbomben wieder.

Die Inseldoktorin macht sich inzwischen an die Arbeit. Jeder Brettermensch soll operiert, die angewurzelten Skier abgesägt und dafür Sprungfedern angelötet werden Der erste Patient ist Herr von und zu Holzsam. Doch als er den Lötkolben und die Sprungfeder sieht, beginnt er zu jammern: „Bitte keine Sprungfeder. Ich bin doch kein Floh!"

„Wie wollen Sie sich denn sonst fortbewegen?"

„Ich weiß nicht. Vielleicht wie eine Schnecke? Dann kann ich mein Haus hinter mir herziehen. Das ist praktisch."

Die Inseldoktorin ist begeistert. „Ich könnte Ihnen Räder anmontieren und sie würden Ihren Wohnwagen hinterher ziehen. In dem könnten Sie sogar schlafen." Doch dann guckt sie den Mann aus Lächerdingen enttäuscht an. „Das geht nicht. Ich habe das entsprechende Werkzeug auf unserem Planeten zurückgelassen."

Peter hat eine bessere Idee: Aus einem Stapel von Baugerüsten, der noch neben Rosels Haus herumliegt, holt er Eisenstangen hervor und schleppt sie zur Ärztin. „Sie können doch ab jetzt auf Stelzen laufen!"

Das war ein prima Einfall! Herr von und zu Holzsam und seine Leute sind von diesem Vorschlag total begeistert.

Der Großvater weiß nicht, was er davon nun halten soll. Die Einwohner der einstigen Städte Einsiedel und Einsam gewöhnen sich schnell an neue Gewohnheiten. Für sie ist es jetzt die normalste Sache der Welt, auf Stelzen zu laufen. Jetzt erst recht sind sie die Größten und überragen die Köpfe aller anderen Paradiesbewohner. Das beunruhigt den Großvater. Ob das gut gehen wird? So viele verschiedene Arten, sich fortzubewegen, und das auf einem so kleinen Planeten?

„Auf der Erde nennen die Erwachsenen solch einen kunterbunten Würfelzucker einen Vielvölkerstaat", erklärt er Henriette und Peter. „Manchmal geht so etwas gut, manchmal nicht."

„Opa, wir sind hier im Paradies. Da muss es gut gehen!"

„Wart's ab. Der kleinste Streit und ..."

Da geht er schon los.

Kein anderer als Herr von und zu Holzsam knöpft sich Lasse vor: „Natürlich wollen wir mit euch Knirpsen im Paradies leben. Kinder sind immer eine Wohltat, aber ...", er wird jetzt streng, „... ohne Schule geht das nicht. Jedes Kind braucht Bildung und Erziehung."

Lasse wiederholt, was er Peter und Henriette bereits am roten Sandstrand an der Wundersee gesagt hatte. „Wollen Sie uns wie Blumen an einen

Stock binden, damit wir gerade wachsen oder werden Sie uns mit dem Stock sogar das Rückgrat brechen?

Herr von und zu lacht verächtlich.

Seija von der Radiostation findet das mit der Bildung gut. „In Varlüg, unserer Hauptstadt, gibt es ein Haus, in dem wir den ganzen Tag Bilder malen und Geschichten schreiben können. Wenn man vom Bildermalen und Geschichtenschreiben Bildung bekommt, kann ich gar nicht genug Bildung haben."

Es beginnt ein lauter Streit. Bildung ja, Erziehung nein… Alle mischen sich ein, auch die Dorfbewohner, sogar Schwester Ottilie. Nur Henriette hält sich raus. Sie traut sich nichts zu sagen, denn sie will nicht wieder alles falsch machen.

Die Erwachsenen setzen sich durch: Kein Paradies ohne Schulunterricht. Die Kinder murren. Schließlich sehen sie es ein. Sie müssen lernen, wie viele Elektronen in ihrem Atom schwirren.

Nur wer soll ihr neuer Lehrer sein?

Herr von und zu Holzsam hebt die Hand und schnipst mit den Fingern. „In aller Bescheidenheit möchte ich mich für den Posten bewerben. Schließlich bin ich staatlich geprüfter Oberstudienrat und habe bereits erfolgreich eine Kinderkolonie geleitet."

Henriette wird schwarz vor Augen. Sie rast vor Wut. Soll sie sich melden und allen von der Seelenwiese erzählen?

Sie traut sich nicht.

Einige klatschen dem staatlich geprüften Oberstudienrat Beifall zu, egal von welchem Planeten. Bewohner von Lächelleiten, Kraken aus Lächerdingen – durch alle Reihen klatschen sie. Die Kinder haben gar nichts mehr zu sagen.

„Stimmen wir ab", schmunzelt Herr von und zu Holzsam siegessicher. „Wer dafür ist, dass ich Direktor der Dorfschule werde, hebe bitte den Finger."

Plötzlich ertönt ein Ruf neben dem Pferdestall. „Stopp, halt!", schreit ein Mann mit Wanderstock und einem Rucksack auf dem Rücken. „Dieser Mann mag vielleicht ein tadelloser Mensch sein", unterbricht er die Sitzung, „darüber mag ich nicht urteilen. Dazu kenne ich ihn zu wenig. Aber er ist sicherlich ein schlechter Lehrer."

Herrn von und zu Holzsam wird bei dieser Rede schwindelig. Er taumelt auf seinen Stelzen und purzelt der Länge nach hinten über.

„Wer soll dann der neue Dorfschullehrer werden?", fragt Rosel.

Schwester Ottilie will die Hand heben, Henriette beißt sich auf die Unterlippe. Soll sie sich einmischen? Schnell meldet sie sich: „Herr Holzten, werden Sie der Lehrer. Sie können das bestimmt." Ewald Holzten protestiert: „Das kann ich nicht machen. Das einzige, was mir einigermaßen gelingt, ist, einen Bus zu steuern und einen Leierkasten zu spielen."

Die Kinder sind Feuer und Flamme: „Au ja! Bus fahren und Leierkastenspielen, das ist doch super! Das wollen wir lernen!"

Jetzt ist das Paradies perfekt. Bei dem tollen Lehrer! Henriette könnte noch ewig hier bleiben. Endlich wird sich der Großvater hier wohlfühlen. Im Sommer kann er mit den Kindern und den ehemaligen Brettermenschen im Bergsee planschen, im Winter werden sie Schlitten fahren und Schneeballschlachten veranstalten.

Wie glücklich wäre Henriette, wenn sie bei ihrem Opa bleiben könnte! Sie würde schnell Eltern mit einem großen Pferdehof finden; sie würde den ganzen Tag reiten, der Großvater die Schafe hüten und in seiner Freizeit mit Erich eine Gondelbahn vom Hundskopf zu den Gipfeln des unnützen Berges konstruieren. Wirklich, Henriette würde so gerne hier bleiben. Nie wieder auf die Erde zurück, die ohne ihren Opa so leer ist.

Sie malt sich alles so schön aus, da klopft ihr Peter auch schon auf die Schulter und sagt, als könnte er Gedanken lesen. „Lass uns jetzt Tschüs sagen. Du weißt doch, die Schule ... und meine Eltern."

Traurig blinzelt Henriette ihrem Großvater zu. Er nimmt seine Enkelin in die Arme: „Einmal muss Schluss sein. Also, meine liebe Henriette, leb wohl! Ich werde dich nie vergessen."

Henriette drückt ihren Großvater sehr lange. „Mach's gut, mein lieber, lieber Opa. Ich weiß, dass es dir hier gut geht, drum weine ich auch nicht."

Peter verabschiedet sich auch. „Es war echt eine geile Zeit mit Ihnen, und übrigens, Ihr Micromégas haben Sie toll hingekriegt. Wirklich spitze. Das wollte ich Ihnen schon immer sagen."

Nun umarmen sie all ihre Freunde: Tom und Lasse und Konrad drücken sie, auch Schwester Ottilie und Rosel geben sie artig die Hand. Und Erich? Wo ist eigentlich Erich?

Da hört sie hinter dem Pferdestall ein lautes Lachen. „Zum Abschied von Peter und Henriette machen wir ein großes Lagerfeuer mit Bratwürsten und Zuckerbananen."

Erich lehnt in seiner grauen Strickweste am Stall und winkt die Paradiesbewohner zu sich. „Lasst es euch nicht zweimal sagen. Leckere Sachen gibt es!"

Alle gehen und stelzen und hüpfen zu Erich, er nimmt ein Streichholz und zündet Reisig und Papier an. Die Flammen lodern. Konrad spielt wieder Gitarre, alle singen. Zwischen zwei Liedern fragt Herr von und zu Holzsam: „Erich, was brennt da eigentlich?"

„Was da brennt? Geldscheine! Alle Einer, die ihr nach Lächelleiten geschleppt habt."

„Bist du verrückt geworden?! Unser schönes Geld!" Der ehemalige Chef der Kinderkolonie trauert seinem Geld nach, und auch manche Dorfbewohner weinen ihrem Reichtum hinterher. Henriette befürchtet das Schlimmste. Wenn Erich nicht aufpasst, kommt er doch noch in die Seelenwiese. Herr von und zu Hozsam hat aber keine Zeit mehr, Erich damit zu drohen, denn Konrad setzt zum Schneewalzer an, doch er wird unterbrochen. Holzsam schlägt mit einem Teelöffel gegen sein Glas. „Lasst mich zum Schluss noch etwas sagen", beginnt er seine Rede. „Ich kündige hiermit an, dass ich das Haus Zur Seelenwiese nach reifen Überlegungen wieder aufbauen werde."

Sofort ist es mucksmäuschen still. Was hat dieser Mann vor? Aus Erichs Augen spricht Angst, aber Herr ‚von und zu' lächelt versöhnlich. „Es wird eine Seelenwiese werden, in die jeder ein- und ausgehen darf, wie ihm beliebt. Keine Zäune, niemand wird eingesperrt, jeder kann in dem Haus wohnen. Kinder, junge und alte Menschen."

Nach diesem Schrecken tanzen alle Paradiesbewohner im Rhythmus zu Konrads Schneewalzer. Es wird gesungen und getanzt. Henriette und Peter denken, es wäre jetzt an der Zeit, zu verschwinden. Ohne dass es die anderen bemerken, machen sie sich mit Rosa aus dem Staub. Ein bisschen freut sich Henriette jetzt sogar auf die Schule. Das geht doch auf keine Kuhhaut, was sie alles erlebt haben. Wenn sie das in der Klasse erzählen, wird's ihnen keiner glauben.

Nach einem anstrengenden Aufstieg auf den Hundskopf sitzen sie wieder in ihrer Raumfähre. Drei Ehrenrunden drehen sie über dem Dorf. Von unten sind die Akkorde der Gitarre zu hören, zwischendurch immer wieder Rufe: „Erich, Erich, Erich!" Ein Feuerwerk explodiert am Himmel, als würde der ganze Kosmos vor Freude explodieren. Und morgen früh würden die beiden rotblauen Sonnen von Lächelrose hinter den Bergen aufgehen, und es wäre wieder ein neuer Tag im Paradies.

Peter dreht eine vierte Ehrenrunde, Henriette spuckt dreimal aus, sie weiß, das bringt Glück und soll heißen: „Wir werden wiederkommen." Dann schraubt sich das Micromégas langsam in den Himmel und nimmt Kurs auf die Erde.

⚜ TEIL V ⚜

Ein letztes Geplauder

Und wieder einmal landen sie auf der Handfläche des Weltraumriesen. „Wohin wollt ihr nun reisen?", fragt Archibald Rektus jetzt schon etwas strenger. „Welchen Planeten habt ihr euch diesmal in den Kopf gesetzt?"

„Keinen", sagt Peter. „Wir wollen zur Erde zurück. Bitte halten Sie uns nicht wieder so lange mit ihren Geschichten auf. Wir haben es eilig."

Der Riese ist von diesem Ton überrascht. „Langsam, langsam, Freundchen", entgegnet er barsch. „Ihr wisst hoffentlich, dass keiner, der die Erde einmal verlassen hat, zurück darf."

Henriette hat es geahnt. Sie wusste, dass da noch ein Ding kommt. „A...a...aber wir sind doch nur aus Spaß mal so abgedüst", stottert sie.

Archibald Rektus schüttelt den Kopf: „So etwas macht man nicht im Spaß. Das hättet ihr euch vorher überlegen müssen. Jetzt ist es zu spät."

Henriette versucht an der Meinung von Archibald Rektus herumzuzotteln, so wie sie es schon einmal bei Herrn von und zu Holzsam in der Stadt Einsam gemacht hatte, als er ihr die Tropfen auf die Stirn träufeln wollte. „Aber die Astronauten, die zum Mond geflogen sind", sagt sie, „haben ja auch die Erde verlassen und durften zurück."

Sie ist sehr stolz über ihren Einfall, und prompt, der Riese schmunzelt: „Nicht schlecht. Auf den Mund scheinst du jedenfalls nicht gefallen zu sein."

Henriette fällt noch mehr ein. „Und überhaupt", triumphiert sie, „was ist mit Jesus? Der war sogar schon gestorben und der durfte auch noch mal zurück."

„Außerdem haben wir ja gar nicht die Erde verlassen, sondern sind in den Atomen verschwunden", sagt Peter und erklärt Archibald Rektus das Geheimnis der Atome und Elektronen, die wie kleine Sonnensysteme sind.

„Gut, gut." Der Riese gibt sich geschlagen. „Ihr habt die Prüfung mit Auszeichnung bestanden und euch euren Rückfahrschein zur Erde verdient. Ich lasse euch heimreisen. Aber es ist eine Ausnahme! Beim nächsten Mal ..."

Er nickt den Kindern zu und brummt: „Ich werde euch nun zur Erde zurückschicken. Ihr wisst die Richtung?"

„Klar", sagt Peter lässig. „Ich bin doch bei den Pfadfindern."

„Wisst ihr denn auch, wo ihr euch gerade mit eurem Raumschiff befindet?"

„Ja, wir sind jetzt aus dem I-Tüpfelchen von *Grandissimo* herausgeflogen ...“

„... und schweben durch die Küche des Bauernhauses“, beendet Henriette den Satz. Archibald Rektus gibt beiden Schwung. „Lebt wohl!“, winkt er ihnen hinterher, dann segeln sie ihrem Heimatplaneten entgegen.

„Noch mal Schwein gehabt“, sagt Peter. „Stell dir vor, er hätte uns nicht heimkehren lassen?“

„Na und?“, sagt Henriette. „Dann wären wir eben wieder nach Lächelleiten zurück.“

„Das geht doch nicht. Wir müssen nach Hause!“

„Aber wenn ich nun mal nicht ins Heim will!“

„Die stecken dich da nie und nimmer rein, und falls doch, kann ich immer noch mit meinen Eltern reden.“

Hinter sich hören sie ein Stampfen. Es hallt durch den Kosmos, die Sterne wackeln. Peter dreht sich um und sieht, wie der Riese ihnen hinterherläuft.

„Nichts wie weg!“, ruft Peter und versucht, alles aus dem Micromégas herauszuholen.

Jetzt jammert auch Henriette. „Gib Gas, Peter, ich hab Angst!“

„Es hat keinen Zweck, Archibald ist schneller.“

Da hat der Riese die beiden auch schon eingeholt.

„Keine Angst“, sagt er freundlich, als er die ängstlichen Gesichter der Kinder sieht. „Ich wollte euch nur noch eins fragen. Das Buch, das ich euch ge-

geben hatte, ihr erinnert euch? Habt ihr es noch?"
Aber da sieht er es auch schon am Fuße des Mastbaums liegen. „Habt ihr weitere Sätze hineingeschrieben?"

Henriette atmet erleichtert auf.
„Wenn es weiter nichts ist! Und wir dachten schon ..." Sie will antworten und überlegt, da drängelt sich Peter vor. „Ich habe etwas über das Paradies in das Buch geschrieben. Ich habe ge-

schrieben, dass wir gar nicht erst mit dem Raumschiff auf entfernte Planeten fliegen müssen, um das Paradies zu finden, es besteht nämlich schon längst bei uns auf der Erde. Das hat mein Vater gesagt. Er sagt, dass wir schon lange wie im Schlaraffenland leben. Wir können uns kaufen, was wir wollen und in den Ferien nach Honolulu oder nach Mallorca verreisen, wohin wir wollen."
„Aber warum gibt es so viele Arme, die das nicht können?", regt sich Henriette auf. „Solange das so ungerecht ist, leben wir doch nicht im Paradies!"
Sie schielt zum Riesen hoch und hofft, er würde ihre Geschichte in dem Buch mit den weißen Seiten toll finden. Sie hat mit ihrer saubersten Schönschrift geschrieben: „Bevor Gott die Erde aus Lehm erschuf, hat er eine Geschichte über die schöne Welt geschrieben, die er auf der Erde bau-

en wollte, aber er hat sie nie beendet, die Geschichte. Als er den Menschen geschaffen hatte, schrieb er nicht mehr weiter, vielleicht, weil er etwas anderes zu tun hatte."

„Und wer schrieb sie weiter?", fragt Archibald Rektus.

„Der Mensch muss sie weiter schreiben", sagt Henriette. „Jetzt weiß ich nämlich auch, warum Gott so viel Ungerechtigkeit zulässt. Wäre seine Welt perfekt, bräuchten die Menschen nichts mehr tun. Sie könnten bequem in Schaukelstühlen sitzen und sich gebratene Hühner in den Mund fliegen lassen. So aber müssen sie Gott helfen, die Welt besser zu machen. Sie müssen sein Buch zu Ende schreiben."

Der Riese lacht: „Wenn das so ist, hoffe ich, dass ihr beide mithelft, die Welt besser zu machen. Jetzt haben wir aber wieder ziemlich viel geredet, was? Euch muss schon der Kopf rauchen. Mir raucht er jedenfalls."

Archibald Rektus bläst das Micromégas in Richtung Erde. Peter kriecht zum Fernrohr und gibt Henriette Kommandos: „Rechts, mehr links! Wieder geradeaus."

Die letzte Strecke im Kosmos der Atome verfliegt wie im Traum. Henriette gehorcht brav den Anweisungen Peters und lenkt das Micromégas in die Richtung Erde. Endlich hat Peter den Heimatplaneten im Fadenkreuz. „Wir sind bald da!", Doch die Freude ist verfrüht. Er schlägt sich heftig an die Stirn, als hätte er etwas vergessen. Tatsächlich hat er etwas vergessen: „Mein Gott! Der Zauberspruch! Ohne Zauberspruch können wir nicht mehr die Größe der Menschen annehmen. Ich habe ihn verschusselt. Warum nur haben wir nicht den Riesen gefragt? Er hätte ihn bestimmt gewusst."

„Warte." Henriette hält sich Zeige- und Mittelfinger an die Lippen. „Grandissimo kommt drin vor, das weiß ich genau. Aber da war auch irgendetwas mit *Elefant*. Lass mich überlegen! Ich hab's! *Grandissimo elefantenmix supermaxidelius.*"

Peter verlangsamt die Geschwindigkeit der Raumfähre, gleich werden sie landen. Und wirklich, es gibt einen Ruck, der Mast wackelt, das Weltraumtelefon fällt herunter. Sie haben angedockt. Hoffentlich ist es auch der richtige Zauberspruch!

„Versuchen wir's", sagt Peter. „Unsere einzige Chance." Er fasst Henriette bei der Hand und sagt: „Wir schaffen es!" Dann zählt er: „Eins ... zwei ... drei", und beide sagen dreimal hintereinander: „Grandissimo elefantenmix supermaxidelius."

Henriette saust durch einen schmalen, stockfinsteren Tunnel zurück auf den Erdboden; Dutzende von Himmelsblitzen blenden sie; Streiflichter von aufflackernden Erinnerungen huschen durch ihr Gedächtnis, ein weißes Rauschen flimmert vor ihren Augen. Henriette blickt in warmes Kerzenlicht, sie fühlt sich geborgen. Wo ist sie? Was ist geschehen? Wo ist Peter?

Henriette erinnert sich

Henriette liegt in einem Bett, ein Hundebaby schleckt ihr Gesicht ab, es beißt mit seinen Milchzähnen in ihre Finger. Henriette streckt die Hand nach dem Tier aus und streichelt es. Ist das schön! Das Fell, so weich, so kuschelig. Woher kommt der Hund? Und wie heißt er? Da war doch was! Das Hündchen_hatte sie schon einmal gesehen.

Ein Mann steht an der Tür. Sein Bart schimmert im Kerzenschein. Sie kann sein Gesicht nicht erkennen. Eine tiefe Stimme brummt: „Ich wollte nur nach dir sehen, Henriettchen?"

Ihr Großvater?

Er ist nicht gestorben?

Es ist alles gar nicht wahr? Ihr einziger Opa ist nicht tot!!! Wenn sie nicht so müde wäre, würde sie am liebsten wie ein Grashüpfer aus ihrem Bett springen und ihrem Großvater um den Hals fallen. Wie ein Grashüpfer? Das erinnert sie an etwas. Eine Stadt, bunt und krumm und schief, springende Kinder. Lasse und Tom aus der Kinderrepublik. Wie Grashüpfer sind sie gesprungen.

Sie schaltet das Licht ein und nimmt das Märchenbuch vom Nachttisch, das ihr der Großvater gegeben hatte. Sie schlägt es beim Lesezeichen auf. „Grandissimo", steht da. In einem dieser I-Punkte war sie gewesen. Da lebten Lasse und Tom, in einem anderen Atom der Großvater. Merkwürdig! In all diesen kleinen Atomen und Elektronen sollen Billionen von Welten sein, in denen Menschen, Hunde, Katzen leben wie es sie auf der Erde gibt? Und wenn die Erde auch nur ein Elektron in einem Atom ist, dass sich in einer viel größeren Welt befindet? Vielleicht würde die Erde in dieser viel größeren Welt auf einer Wiese in einem dampfenden Kuhfladen vor sich hinmiefen? Warum nehmen die Menschen sich dann mit ihren Sorgen und Problemen so wichtig? Warum hatte Henriette so einen Bammel vor dem Nonnenheim, wenn sie doch nur kleiner als ein winziger Atom ist?

Plötzlich ist alles wieder da! Sie hatte mit Peter
eine weite Reise in diese Welten gemacht, um ihren Großvater wiederzufinden. Jetzt will sie wissen, ob die Reise echt war, oder ob sie alles nur geträumt hat. Sie schaut ihren Großvater an, der
noch immer mit der Kerze an der Tür steht. Er
sieht besorgt aus. Henriette fragt: „Was ist passiert? Wo ist Peter? Ich war mit ihm fort,
stimmt's?"
„Schlaf jetzt. Es ist schon spät. Peter ist nach
Hause gefahren. Die Ferien sind vorbei. Morgen
erzähle ich dir alles."
„Nein, jetzt!", bohrt Henriette. „Was ist passiert?
Wo waren wir?"
Henriette bittet immer wieder.
„Na gut, ich werde dir sagen, was geschehen ist."
Der Großvater setzt sich auf die Bettkante und
stellt die Kerze auf den Nachttisch. Er rauft sich
die Haare und schnauft, weil alle noch einmal mit
dem Schrecken davongekommen sind. „Ich kann
es noch gar nicht fassen. Du wärst fast ertrunken,
Peter hat dir das Leben gerettet. Du hast Glück
gehabt. Verdammtes Glück sogar. Es ist fast wie
ein Wunder."
Henriette hält erschrocken die Hand vor den
Mund. „Ertrunken? Ehrlich?"
Der Großvater erzählt von dem Hündchen, das er
neulich Henriette aus der Stadt mitgebracht hatte,

wie es beim Herumtollen vom Steg ins Wasser gefallen war und Henriette hinterher sprang, weil sie das Tier retten wollte.

„Du meinst Rosa?"

„Wer ist Rosa?"

„Rosa, so heißt das Hündchen."

„So, du hast schon einen Namen? Jedenfalls musst du in eine Unterwasserströmung geraten sein, du hattest keinen Grund mehr unter den Füßen und gerietest mit dem Kopf immer wieder unter Wasser. Peter hat dich und Rosa aus dem See gefischt, trotzdem musste Doktor Gablenz aus der Stadt geholt werden."

Der Großvater ist noch immer aufgewühlt. Mit einem Tuch tupft er sich Schweißtropfen von der Stirn.

„Opa", sagt Henriette. „Dass ich beinahe ertrunken bin, davon weiß ich nichts. Ich habe geträumt, dass du gestorben bist."

„Ich? Du hast so etwas geträumt? Magst du darüber reden?"

Henriette kichert: „Du redest wie Archibald Rektus."

Der Großvater lacht auch. „Archibald Rektus? Wer ist denn das? Das ist ja vielleicht ein drolliger Name."

„Der Hüter des Weltraums. Den habe ich mit Peter getroffen. Er ist so alt wie das Universum, hat er gesagt. Er hat ein Buch geschrieben, über 1000 Seiten dick."

Der Großvater krault seinen Bart. „Dann wart ihr bei Gott? Gott ist so alt wie das Universum. Sogar noch älter."

„Auf jeden Fall wollte er mich nicht mehr auf die Erde zurück lassen. Aber dann hat er doch eine Ausnahme gemacht."

Der Großvater nimmt seine Enkelin in den Arm. „Ich bin so überglücklich, dass er das getan hat." Plötzlich aber wird er traurig. „Weißt du, bei wem er leider keine Ausnahme dulden wollte?", fragt er und entfaltet die heutige Zeitung. Er hält die Kerze an die Seite mit den Traueranzeigen. Henriette liest: „Heute verstarb unsere liebe Schwester Ottilie. Sie ist jetzt im Reich Gottes."

„Das weiß ich längst." Henriette streicht ihrem Opa über den Arm. „Nicht traurig sein. Ihr geht es gut. Sie ist mit einem Schlauchboot zu Tom nach Lächelrose gefahren und ist von dort nach Lächelleiten ins Paradies umgezogen."

„Was sagst du da? Lächelleiten? Du bist ja gut. Du meinst wohl Lechleiten? Das Dorf in den Bergen, wo wir im letzten Winter waren."

„Nein, Opa, du kapierst aber auch gar nichts. Das Paradies heißt im Kosmos der Atome Lächelleiten und nicht Lechleiten."

„Mädchen, Mädchen. Du weißt ja eine Menge Sachen, die ich nicht weiß. Du weißt, dass Schwester Ottilie im Schlauchboot unterwegs war und dass das Paradies Lächelleiten heißt und Gott mit bürgerlichem Namen Archibald Rektus. Donnerlittchen, du kennst dich aber aus!"

„Ich weiß noch viel mehr!", sagt Henriette stolz.

„Kennst du das Seelometer?"

Der Großvater ist ganz baff. „Nein, das Wort habe ich noch nie gehört."

„Ein Seelometer ist, wenn man ... nein, das erzähl ich dir ein anderes Mal."

„Es ist ja auch schon spät."

„Nein, ich kann dir noch mehr erzählen!"

„Du musst jetzt schlafen. Morgen ist auch noch ein Tag."

„Nur noch eins. Eins hab ich noch. Kennst du das Micromégas?"

Der Großvater denkt nach.

„Siehst du! Das kennst du auch nicht!"

„Warte mal ... Micromégas? Natürlich kenne ich das Micromégas. Ich habe dir doch neulich das Märchen davon vorgelesen. Erinnerst du dich?"

„Erzähl es mir noch einmal, bitte!"

„Der Großvater gibt nach: Eine Gruppe Wissenschaftler unternimmt vor 300 Jahren eine Schiffsexpedition über den großen Ozean. Sie wollen alles über die Wahrheit erfahren und ihr Wissen vervollkommnen."

„Und dann?", will Henriette weiter wissen.

„Dann taucht plötzlich der Riese Micromégas auf und gibt ihnen ein Buch, in dem alles über die Wahrheit steht ..."

„... und das Buch hat lauter leere Seiten, ich weiß. Ich kenne die Geschichte, aber das Micromégas ist doch kein Riese, sondern eine alte Badewanne."

„Na, du bist ja lustig. Eine Badewanne? Bei dir ist das Micromégas eine alte Badewanne? Das würde der Schriftsteller, der das Märchen geschrieben hat, bestimmt witzig finden. Weißt du auch noch, wie er heißt?"

„Ja, irgendetwas mit Strom oder so. Volt oder Ampere."

Der Großvater lacht. „Er hieß Voltaire. So, nun schlaf", und der Opa beugt sich zu Henriette hinunter und gibt ihr einen Gute-Nacht-Kuss auf die Stirn.

„Opa", flüstert Henriette noch zum Schluss. „Du darfst ganz lange nicht sterben, aber ich glaube, wenn du mal wirklich sterben musst, bin ich nicht mehr ganz so traurig, denn ich weiß jetzt, dass es dir dann gut geht. Und wenn ich einmal eine alte Oma bin und auch sterben muss, werde ich dir nachreisen und dich im Paradies treffen. Ehrlich. Das verspreche ich dir! Dann verabreden wir uns in der kleinen Kapelle, wo wir Erich getroffen haben. Darauf freue ich mich schon."

„Nun träum aber von etwas anderem", lächelt der Großvater. „Bis dahin ist es noch so lange. Jetzt kommt erst mal ein riesenlanges Leben, und dabei werde ich dich noch viele Jahre begleiten ..."

Der Großvater schleicht aus dem Zimmer, die Dielen knarren unter seinen Schritten. Er dreht sich noch einmal um und beleuchtet mit der Kerze das schlafende Gesicht seiner Enkeltochter.

Henriettes Universum
ist der zweite Band der Geschichte Henriettes.

Das erste Buch heißt „Die Sternenpflückerin".

Worum es darin so geht, verraten wir – wenigstens ein kleines bisschen – auf der nächsten und damit letzten Seite dieses Buches.

Die Sternenpflückerin

Peter Mannsdorff

Henriette ist glücklich.

Sie lebt im zweiten Hinterhof der Zwingligasse in Litlist, einem Städtchen am Rande der FuFu-Berge.

Sie hat ihre zwei Untermieter, die Hasen Lola und Lotus, und sie ist in bester Gesellschaft: Der Zwerg Balthasar Quäki, der weltberühmte Dichterpoet, Philosoph und Lebenskünstler, hat sich vor geraumer Zeit in ihrem Ohr eingerichtet und will nun gar nicht mehr ausziehen, so wohl fühlt er sich dort.

Das ist Henriettes eine Welt. In ihrer anderen Welt lebt sie in einem Kinderheim. Viel lieber würde sie bei ihrem Großvater wohnen, denn sie weiß: "Wenn es einen lieben Gott gibt, muss es irgendwo auf dieser Welt auch ihren Großvater geben."

Zum Glück ist der Streuselpeter ihr bester Freund. Er macht sich mit Henriette auf die Suche ...